鎌倉お宿のあやかし花嫁2

～夏色の初恋と忘れじの記憶～

小春りん Lin Koharu

アルファポリス文庫

https://www.alphapolis.co.jp/

目次

チェックイン

「かわいそうに。お前は――……〝ひとりぼっち〟だ」

視界が濡羽色に染められる。

幼い少女を見つめる瞳は、深い孤独に囚われていた。

「愛など、この世のどこにも存在しない」

冷たい声が耳の奥でこだまする。

男の骨ばった指は、少女の額の中心に静かに触れた――……

一泊目　白蛇令嬢の長期滞在

七月。爽やかな風が、蒸し暑さを瞬間的に和らげる。
夏は鎌倉が一段と賑やかになる季節だ。
騒がしい蝉の声、青々と緑が茂る神社や寺院。
陽光が差し込む古都の街並みと、潮香漂う広い海が、鎌倉に訪れた者の心を魅了する。
「なんだか、懐かしい夢を見たような気がするなぁ」
夜明けとともに目を覚ました北条紗和は、布団の中でまどろみながらつぶやいた。
渇いた喉とは対照的に、額にはしっとりと汗をかいている。
紗和はその汗をぬぐうように、指先で自身の額の中心に触れた。
……温かい。
夢の中で紗和に触れた指は氷のように冷たかった。
その指が誰のものであったのか、今一度目を閉じて考えてみたけれど思い出せない。
「紗和、おはよう」

「え？」

と、つい眉間にシワを寄せていたら、真横から声がした。

ハッとした紗和は寝転がったまま横を向いた。

すると端正な顔立ちをした〝彼〟と目が合って、思わず喉が、ひゅっと鳴った。

「ああ、やっぱり寝起きの紗和も可愛いな」

甘い声で囁（ささや）いた男の額には、黒く短い角が二本生えている。

紅いハイライトが入った艶のある黒髪は、さらりと目元にかかっていた。

形のいいアーモンドアイ。筋の通った鼻、薄い唇。

絶世の美男とは、まさしく彼のことだ。

今日も凄絶な色気を放っている、あやかしの彼――常盤（ときわ）は、紅く濡れた瞳を細めてほほ笑んでいた。

「な、な、なっ！」

「うん？」

「どうして私の布団の中に、常盤がいるの――!?」

紗和は叫んだ直後、上半身を素早く起こした。

そして反射的に振り上げた右手を、綺麗な顔めがけて振り下ろしたのだった。

「紗和、本当にすまない。どうか機嫌を直してくれないか」

一日の始まりである朝は忙しい。

紗和は廊下を早足で歩く自分を追いかけてくる常盤を、恨めしそうにジロリと睨んだ。

紗和が怒っている原因は、寝起きの一悶着だ。

「人が寝ている布団に潜り込んでくるのはやめてって、何度言ったらわかるんですか⁉」

「面目ない。頭では、紗和の許可が必要だと理解しているんだ。だけど紗和の寝顔があまりに美しすぎて、どうしてもそばで眺めたくなってしまう」

そう言う常盤は表面上こそ申し訳なさそうにしているが、本当はちっとも反省なんかしていない。

（ほんっっとうに、信じられない！）

本気で反省していたら、〝ほぼ毎日〟同じことをしないだろう。

手が出てしまったのは今日が初めてだが、ここ数日、紗和は寝起きに悲鳴を上げることが続いていた。

この行き場のないやるせなさを、どこにぶつければいい？

心の中で地団駄（じだんだ）を踏んでいるうちに、紗和は目的地であるロビーにたどり着いていた。

そこには紗和と同じ撫子色の仲居着に身を包んだ美女がいた。

勘のいい美女はふたりを見るなり事情を察して、呆れた様子でため息をついた。

「常盤様ってば、今朝もやらかしたんですか？　ほんとに懲りないですよねぇ」

そう言って肩を竦めた彼女の名前は稲女という。

紗和の仕事上の先輩で、常盤が主人を務める、ここ――あやかし専門の幽れ宿・吾妻亭で働く仲居のひとりだ。

ちなみに稲女自身もあやかしで、首が伸びない代わりに頭が取れるという、珍しいろくろ首だったりする。そして、どこからどう見ても長い黒髪が似合う美女だが、実は心が乙女な男性なのだ。

「そんなことばかりしていると、いつか本当に嫌われますよ」

稲女の忠告もなんのその。

「愛する花嫁とひとつ屋根の下で暮らしていたら、寝顔を無限に眺めていたくなるのは自然なことだろう？」

常盤は完全に開き直っている。

紗和は痛む頭に手を添えて、この状況に至るまでの経緯を回顧した。

――二十二歳で大学を卒業した紗和は、四月から働く予定だった会社が倒産して無職の家無しになってしまった。

そこから紆余曲折あり、鎌倉にあるあやかし専門の幽れ宿・吾妻亭で、常盤の仮花嫁兼仲居として働くことになった。

〝一年以内に、常盤と結婚できるかどうかを見極める〟という条件付きで。

なぜ、人である紗和がこのような事態に陥ったのか。

それは、紗和が生まれつきあやかしが視える〝視える人〟で、子供のころに、常盤と結婚の約束をしたことが大きな理由だった。

ちなみに紗和には、〝あやかし〟以外にも、特別に視えるものがある。

紗和は生まれつき共感覚が強くて、相手の本質を〝色〟で視ることができた。

紗和のその力のことを知っているのは、紗和の亡き両親と叔母の静子。

そして、子供のころに結婚の約束をした常盤だけ。

紗和と結婚の約束をしたあと、常盤は約十七年にわたって、紗和だけを一途に想い続けてきた。

その愛の重さたるや、超重量級。

両親の死後、静岡に住む叔母に引き取られた紗和に、自身の式神を侍らせてストーカーまがいのことをしていたほどだ。

ところが、肝心の紗和はといえば、最近まで約束どころか常盤の存在自体を綺麗さっぱり忘れていた。

しかし、これまたいろいろあって、今は常盤との出会いに関する記憶の一部を思い出すことに成功した。

子供のころの紗和にとって、常盤と過ごした時間は何物にも代えがたい宝物のような日々だった。

それなのに、紗和はなぜ、常盤に関する一切の記憶をなくしていたのか。

紗和自身も不思議に思っているが、今日に至るまで、理由は解明していない。

(やっぱり、常盤が特別なあやかしだってことが関係しているのかな?)

紗和が考え込みながら常盤に目を向けると、視線に気づいた常盤は嬉しそうに顔をほころばせた。

常盤は人である紗和と違って、鬼の父と妖狐の母を持つあやかしだ。

あやかしや神々が住まう幽世では、常盤のようなふたつ以上の種族の血が混じったあやかしは邪血妖と呼ばれていた。

邪血妖は古くから純粋なあやかし——純血妖から迫害の対象にされてきた。

(たしか、邪血妖は純血妖に比べて妖力が弱いんだよね)

そのため純血妖たちは、邪血妖を異質な存在として忌み嫌っているのだ。

ただし、常盤は特例とのこと。

常盤は邪血妖でありながら、純血妖と同等かそれ以上に強い妖力を持っているからだ。

「紗和は、怒っていても可愛いなぁ」

頬に平手打ちの痕がある常盤からは、微塵もすごさは感じられないところが残念ではある。

「ハァ……」

ため息をついた紗和は、もう一度、自身の額の中心に触れた。

邪血妖は、愛を知ると妖力が覚醒する。

だから常盤は、紗和に恋をしたことで強大な妖力が覚醒し、純血妖たちにも一目置かれる存在になった。

「驚いたとはいえ、叩いてしまってごめんなさい。頬、まだ痛みますか？」

「うん？　これは俺が悪いせいでこうなったのだから、紗和が気にすることではないよ」

ニコニコ笑う常盤を見ていると、紗和の良心が痛む。

常盤と再会して、同じ時間を過ごすうち、紗和は自然と〝常盤のことをもっと知りたい〟と思うようになっていった。

それは恋の始まりの予感で、まだまだこれから〝好き〟という気持ちを育てていこうという段階だ。

ところが紗和を溺愛している常盤の辞書には、自重するという言葉がない。

そもそもふたりがひとつ屋根の下で暮らすことになったのも、吾妻亭の主人である常盤の職権濫用によるものだった。

このままだと、恋愛初心者の紗和は身が持たない。

いよいよ限界を感じた紗和は、

「私、今晩から裏山にテントを張って、寝泊まりしようと思います」

と、ため息交じりにぼやいた。

「そ、そ、それは、屋敷から出ていくということか⁉」

「はい。常盤を叩いてしまったのは今日が初めてだけど、今後また、同じことがあるかもしれないし」

紗和が宣言すると、ようやく常盤の顔が青褪めた。

「ダ、ダメだ！　叩かれるようなことをした俺が悪いのであって、紗和が気にすることじゃないと言っただろう⁉」

「そう言われても、気にします。私は、常盤のことを叩きたくないし。でも、またビックリした拍子に、うっかり手が出ちゃうことがあるかもしれない」

「だからと言って、なにも悪くない紗和が出ていくのはおかしいだろう⁉」

「常盤様ったら、ちゃんと悪いって自覚はあるのにやってたの、笑えないですよ～」

「い、稲女は、ややこしくなるから会話に入ってこないでくれ！」

理不尽に叱られた稲女が、「失礼しました～」と茶化して笑った。

「紗和、頼むから考え直してくれ！」

「じゃあ、もう二度と私が寝ている布団には入ってきませんか？」

「そ、それは……。たぶん、いや……きっと……し、しない……と、思う……」

（ダメだこりゃ）

稲女と顔を見合わせた紗和は、ヤレヤレと首を左右に振った。

「常盤様、紗和さん。それに稲女さんも、こちらにいらしたのですね」

そのとき、タイミングを見計らったかのように、落ち着いた声が三人の間に割って入った。

「あら、小牧さん。なにかご用ですか？」

代表して稲女が返事をすると、小牧と呼ばれた男は右手の腹で、かけている眼鏡の縁を持ち上げた。

「本日からご連泊予定のお客様について、お話をしておきたいと思いまして」

淡々と告げた小牧の見た目は三十代前半で、和装の常盤とは対照的な、スマートな洋装を身にまとっていた。

白いシャツに黒いベスト、黒いスラックスと革靴。首元には品のある細めのネクタイを締めていて、髪と瞳の色は黒。

銀縁の丸眼鏡をかけたインテリジェンスな男性だが、頭には黒い猫耳。尾骨のあたりからは、先端だけ白くなった細くて長い、黒い尻尾が一本生えていた。

小牧は、あやかしの猫又だ。ただし猫又なのに尻尾が一本しか生えておらず、純血妖でありながら妖力が弱い。

「今日から連泊予定のお客様って、あの――……」

と、紗和が小牧に聞き返そうとしたら、

「あー！　みんな、ここにいたのかぁ！」

今度はひときわ元気な声が、吾妻亭のロビーに響いた。

現れたのは料理人見習いの義三郎だ。

義三郎は琥珀色の短髪に琥珀色の瞳を持つ、爽やかで明朗快活な好青年。〝空を飛べない烏天狗〟で、吾妻亭の花板・仙宗の愛弟子として調理場で働いている。

「阿波さんも一緒なんですね」

義三郎のそばには、仲居頭の阿波もいた。

阿波はかまいたちと砂かけ婆の間に生まれた邪血妖で、背の低い白髪の老婆だが、常日ごろから矍鑠としている。

ちなみに義三郎が師事する花板の仙宗は、いかにも親方風な風貌をした、小豆アレルギーの小豆洗いだ。

吾妻亭で働くあやかしたちは皆、ワケありのあやかしたちで、それぞれ複雑な事情を抱えていた。

そんな彼らに吾妻亭という居場所を与え、リスペクトされているのが常盤なのだが――……。

「ところで常盤様は、どうして〝ズーン〟という効果音付きで縮こまっているんですか？」

義三郎がロビーの隅で体育座りをしている常盤を見て、悪気なく尋ねた。

すると、達観している阿波が、

「どうせ紗和関係のことだろう。そのうち元に戻るから、無視でいいよ。面倒くさいからね」

と、バッサリと斬り捨てた。

「すみません、話を戻してよろしいでしょうか」

律儀に手を挙げた小牧は、コホンと咳払いをした。

「話っていうのは、本日からご連泊予定の〝白蛇令嬢〟の話だろう？」

「そうそう！　俺も、阿波さんが言った、その白蛇令嬢には苦手な食べ物がないか、もう一度小牧さんに確認してこいって親方に言われて来たんですよ！」

阿波と義三郎の言葉に、紗和だけがキョトンとして首を傾げた。

「白蛇令嬢って、なんですか？」

尋ねると、紗和の仕事上の先輩である稲女が代表して口を開いた。

「今日から夏の間、吾妻亭に連泊予定の柚様の愛称よ」

「柚様は、あやかしの世界でも高貴な一族として知られている蛇族のご令嬢なのです」

「は、はい。それは昨日も小牧さんから伺ったので、承知しておりますが……」

続けられた稲女と小牧の話はこうだ。

本日、吾妻亭にチェックイン予定の柚は、蛇族の中でも最も神に近い存在として崇められる白蛇のあやかしらしい。あやかし界では〝白蛇令嬢〟と呼ばれていて、いわゆるインフルエンサー的存在だった。

「その柚様から、〝夏の間、吾妻亭に泊まりたい〟とのご連絡をいただいたときには驚きました」

いつも冷静沈着な小牧が動揺するほどのことらしい。

「ちょうど、少し前まで紗和さんが使っていた吾妻亭内の客室の、大規模改装が終わったタイミングでよかったです」

白蛇令嬢こと蛇のあやかしの柚は、今日から夏が終わるまでの間、その部屋に連泊するというわけだ。

「でも、夏いっぱいのご連泊なんてありえるんですね」

今さらながらに紗和が尋ねた。

「まぁ、〝普通のお客様〟であればお断りしていたかもしれませんね」

答えた小牧は、また手の甲で、かけている眼鏡の端を持ち上げた。

「かの有名な白蛇令嬢がご連泊された部屋となれば、できたばかりの部屋の格が上がりますから」

「もちろん、メリットがあればデメリットというか、リスクもあるけどね」

小牧に仲居頭の阿波が口添えする。

「どんなリスクがあるんですか？」

「あやかし界でも一目を置かれるインフルエンサー・白蛇令嬢の不興を買えば、吾妻亭のイメージも悪くなって客足が遠のく原因になる」

「反対に、ご満足いただければ吾妻亭の人気はうなぎ登りってわけよ」

阿波に続いたのは稲女だった。

つまり、柚の吾妻亭でのご連泊は、のるか反るかの大一番でもあるわけだ。

「まぁでも、きっとなんとかなりますよ！」

明るく言ったのは、いつも元気な義三郎だった。

その正面にいた小牧が目を向けたのは……ロビーの隅で置物になっている常盤だ。

「心配事があるとすれば――……」

視線を感じたらしい常盤が、膝にうずめていた顔を上げた。

「……心配せずとも、俺は紗和以外に興味はないよ」

「いや、そんな心配は誰もしていないと思います」

紗和はすかさずツッコミを入れたが、落ち込む常盤は無反応だった。

「そもそも紗和が使っていた部屋というだけで、格は十分すぎるほど上がっているだろう。だから我々、吾妻亭の一同は、いつも通りの接客をするだけでいい」

淡々と言った常盤は、ゆっくりと立ち上がった。

紅く濡れた瞳で見つめられた紗和の心臓は、反射的にドキリと跳ねた。

〝我々、吾妻亭の一同は、いつも通りの接客をするだけでいい〟

悔しいけれど、今の常盤の一言で、白蛇(しろへび)令嬢に対して身構えていた一同の緊張が和らいだ。

(なんだかんだ言っても、常盤は吾妻亭の主人なんだよね)

幽世(かくりよ)で居場所がなくなり現世に逃げてきたあやかしたちに、救いの手を差し伸べて、現世で生きていくための居場所を与えている男。

吾妻亭で働くあやかしたちのほとんどは、常盤に導かれて今に至る者であった。

そして、それは吾妻亭の面々に限らず、常盤は鎌倉現世に住むあやかしたちが住みやすいように、働き口や住居の手配なども行っていた。

紗和と同じような〝視える人〟を通じて、人とあやかしとの橋渡し役をしているのだ。

（そういう常盤だからこそ、私は心動かされたわけで……）

胸の奥がくすぐったくなった紗和は、唇をキュッと噛みしめた。

「あの、常盤――」

と、紗和が口を開いた瞬間、

「失礼する」

凛とした声が、ロビーに響いた。

ハッとした一同が吾妻亭の玄関に目を向けると、そこにはシックで品のある着物に身を包んだ、美少女が立っていた。

見た目年齢は、女子高生くらいの年に見える。ただし、彼女があやかしであるなら、実年齢と見た目は比例しない。

以前、紗和が小牧に聞いた話では、あやかしの見た目年齢は曖昧で、小牧はどう見ても三十代なのに、実年齢は百歳を超えていると知って紗和は驚いた。

（すごく鮮やかな本紫色だ……）

美少女がまとう色のオーラを視た紗和は、心の中で感嘆した。

「お出迎えができず、申し訳ありません。柚様、このたびは吾妻亭をお選びくださり、誠にありがとうございます」

いの一番に応えたのは、つい今しがた、ロビーの隅で縮こまっていた常盤だった。

さすがの変わり身の速さだ。

常盤の言葉で我に返った紗和も、小牧に阿波、稲女に続いて深々と頭を下げた。

「そちらが謝る必要はない。柚が到着予定時刻よりも随分早く着いてしまったのが悪いのだ。すまぬな」

そう言うと、美少女――白蛇令嬢の柚は、気品ある笑みをたたえた。

おずおずと顔を上げた紗和は、あらためて柚を見て感心した。

柚は、腰まである長い白髪が似合う、色素の薄い系美少女だった。

凛とした雰囲気を持つ、ＴＨＥ・ご令嬢だが、お金持ち特有の嫌な感じは一切しない。

「このたびは、柚の無理な願いを聞き入れてくれたこと、心より感謝申し上げる。吾妻亭には本日よりしばらくの間世話になるが、よろしく頼む」

羽根のように長いまつ毛を伏せた柚が持つ雰囲気は、優雅で洗練されていた。

「こちらこそ、どうぞよろしくお願いいたします」

応えたのは仲居頭の阿波だ。

「柚様がご宿泊中は、わたくし稲女と、こちらにいる紗和がお部屋係を担当させていただきますので、なにかございましたら遠慮なくお声がけください」

続いて稲女が、柚に負けず劣らずの気品をまといながら挨拶をした。

「うむ、稲女に紗和か。厄介になるな」

「滅相もございません。それでは――……」

「おっ、お荷物を！　お部屋までお持ちいたしますね！」

稲女に頼りきりではいけないと思った紗和は、あわてて一歩前に出た。

そして柚から荷物を受け取ろうとしたのだが、柚がなにも持っていないことに気づいて固まった。

「あ、あの、お荷物は……」

「よいのじゃ。柚の荷物は、柚の付き人であるこちらの男が部屋まで運ぶので、気を使っていただかなくとも結構じゃ」

柚が宣言した直後、今の今まで気配を殺していた男が、吾妻亭の敷居をまたいだ。

吾妻亭の面々の視線が、一斉に男に集まる。

柚の荷物を持っている男は静かに腰を折ると、抑揚のない声で話し始めた。

「このたびは柚様の願いを叶えていただき、誠にありがとうございます。私は柚様の付き人をさせていただいております、翠と申します」

翠と名乗った男は、女性に見間違えるほど、中世的な見た目をした美丈夫だった。ポーカーフェイスというか無表情。瞳の色は、曇り空と同じ白花色だ。

（翠さん自身がまとっている色は、儚げな薄紫色だ）

高貴な自信あふれる柚の本紫色と比べると、少し弱い印象を受けてしまう。

「稲女と紗和が柚の部屋担当をしてくれるとのことだが、吾妻亭に滞在中、基本的には柚の身の回りの世話は翠がやるので、ふたりが無理をする必要はないからな」

柚の口ぶりから、普段も翠は付き人として、柚の身の回りの世話をしているのだろう。

「すみません、ひとつよろしいでしょうか」

と、柚の言葉を聞いて、口を開いたのは小牧だった。

「うむ。どうした？」

「柚様の身の回りのお世話を翠様がされるということは、翠様も夏の間は吾妻亭にご滞在されるということですか？」

「むろんだ」

――マズイ。

そう思ったのは紗和だけでなく、吾妻亭の面々も同じだろう。

なぜなら今回、吾妻亭が夏の間という長期間、柚のために特別に確保したのは一部屋だけ。

そもそも夏は繁忙期。連日ほぼ満室状態で、今からもう一室確保するのは不可能だった。

「柚様。大変、申し訳ありません。私どもの気が利かず、翠様のお部屋のご用意ができておりませんでした」

今度こそ、小牧が深々と頭を下げた。

対する柚はすぐに意味を理解して、「ああ」と短く相槌を打った。

「すまぬ。柚が翠も連れてくることを、事前に知らせていなかったせいだな。今回、吾妻亭に直接連絡を入れたのも柚だったので、柚の落ち度じゃ」

これにはさすがの柚も、凛とした空気を弱めて難しい顔をした。

「翠のことについては柚の不手際。吾妻亭に滞在中は、柚の部屋に翠も泊まらせていただいてもいいだろうか」

柚の提案に、今度は吾妻亭の一同が難しい顔をした。

（たぶんだけど、また、みんな考えていることは同じだよね？）

柚が滞在予定の部屋に、もうひとり宿泊者が増えることは問題なく可能だ。

だが、高貴な白蛇令嬢と一介の付き人が、二ヶ月近く同室で寝泊まりするというのは常識的になしだろう。

それも、主人である柚は嫁入り前の女性で、付き人とはいえ翠は男性。

「柚様、それは……」

小牧が言い淀んだ。

柚も、なんとも言えない顔をしているあたり、自分の提案が現実的ではないことをわかっているのだろう。

（ど、どうしよう）

このままでは柚の付き人、翠が泊まる部屋がない！

「柚様と、吾妻亭の皆様のご心配には及びません」

と、口を開いたのは翠だった。

「私のことは、どうかお気になさらず。皆様のご迷惑にならぬよう、廊下で気配を消していたり、わずかな睡眠時間だけは外で取らせていただければどうにでもなりますので」

淡々と告げた翠は、眉ひとつ動かさなかった。

対する柚は、どこか寂しげな表情を浮かべて翠を見上げたが、翠は無表情で前を向いたまま動かない。

「しかし、大切なお客様のお連れ様を野宿させるわけには……」

まさかの翠の発言に、一同は困惑していた。

翠の様子から察するに、たぶん、本気だ。このままでは翠は夏の間中、寝泊まりは外で必要最低限の時間のみ、ということになってしまう。

吾妻亭の裏には従業員専用の宿舎があるが、現在はそこも満室だ。

(どうすればいいんだろう)

紗和は、まるで数ヶ月前の自分を見ているようだと思った。

住むところに困って、途方に暮れていたあのころ――

挙句の果てには空き巣に殺されそうになっていたところを、間一髪、助けてくれたのが常盤だった。

そして今は、常盤が自身の屋敷に住まわせてくれているおかげで、どうにか雨露をしのぐことができている。

その常盤の家を出て、紗和が裏山でテント暮らしをすると言ったから、常盤は打ちひしがれていたわけだが……

「ん……？　あっ！　そうだ‼」

紗和がお通夜のような空気を一変させる声を上げた。

今度は一同の視線が一斉に紗和に集中した。

「翠様は、うちにご滞在するのはどうでしょうか⁉」

「う、うち？　紗和、まさか、その〝うち〟とは、俺たちの愛の巣のことでは――」

「だって、あのお屋敷なら、まだまだ部屋がたくさん余っているし。ひとり増えたところで、なんの問題もない広さですよ」

ふたたび常盤の顔が青褪めた。

その様子は、紗和に問題はなくとも、自分には大きな問題があると言っている。

「たしかに、常盤様のお屋敷であれば、翠様もご滞在可能ですね」

「こ、小牧まで！　俺は紗和との同居をようやく実現させたから、ここからさらに愛を育んでいこうと考えているんだぞ！」

「でも、どっちみち紗和には出ていかれそうになっていたじゃないですか」

容赦なくツッコんだのは稲女だ。

「うっ。それは、これから紗和を説得しようと思っていたところで……」

バツが悪そうに顔をゆがめた常盤に対して、紗和はさらなる良策を思いついて悪い顔をした。

「もしも夏の間中、常盤があのお屋敷に翠様を滞在させてくれるというのなら、私は出ていかないことにします」

常盤の屋敷は吾妻亭の敷地内――裏山の階段を上った先にあるのだが、常盤の許可なしには入るどころか見つけることすらできないようになっているのだ。

だから、翠を泊めるには、どうしても常盤の許可がいる。

「常盤が許可してくれないのなら、私は今日から本当に裏山にテントを張って暮らします」

自分でもこの言い方はズルいという自覚はあった。

だって紗和がこう言えば、紗和を溺愛している常盤は折れる以外の選択肢をなくしてしまう。

「うっ……。紗和、俺は……」

「常盤。翠様は、柚様の大切なお連れ様ですよ。私たちは翠様にも、最大限のおもてなしをするべきですよね」

堂々と言い切った紗和の瞳は真っすぐで美しかった。

常盤以外の吾妻亭の一同はそんな紗和を見て、誇らしげにほほ笑んだ。

当の常盤も吾妻亭の主人として、反論の余地どころか、お客様の前で醜態を晒した自分を戒める他なかった。

「ハァ、紗和の言う通りだ。やはり、俺は紗和には敵わないな」

そうして常盤はあらためて、柚と翠に向き合った。

「見苦しいところをお見せしてしまい、申し訳ありませんでした。たった今、紗和が申しました通り、翠様さえよろしければ、柚様が吾妻亭にご滞在中、翠様は我が家にご滞在ください」

そう言うと常盤は、今の今まで狼狽えていたのが嘘のように、隙のない笑みを浮かべた。

「本当によいのか？」

「もちろんでございます。翠様にも夏の鎌倉と吾妻亭でのひとときを楽しんでいただけるよう、精いっぱい尽くさせていただきます」

「いえ、自分は――……」

と、今の今まで表情を崩さなかった翠が、初めてあわてた様子で口を開いた。

しかし、柚が一瞥して黙らせる。

「翠、もうなにも言うな。今は、素直に甘えさせていただこう」

言いかけた言葉を呑み込んだ翠は、なんとも言えない表情をして俯いた。

「では、まずは柚様からお部屋にご案内させていただきますね」

これで、どうにかなりそうだ。

一安心した紗和は、柚にニッコリとほほ笑みかけた。

「紗和。そなたは吾妻亭の仲居ではあるが、人じゃな」

と、歩き出そうとしたら、紗和が人であることに気づいた柚が目を細めた。

吾妻亭はあやかし専門の宿なので、従業員も紗和以外は全員あやかしだ。

だから、人である紗和が働いていることに、驚く者も多かった。

(もしかして柚様は、人に接客されるのが嫌なのかな?)

戦々恐々としながらも、紗和は精いっぱい心を落ち着けてから、再度柚と向き合った。

「は、はい。事情がございまして、今はこちらで働かせていただいております」

「そうか。そなたのおかげで、柚と柚の大切な侍従は危機を免れた。紗和の心遣いに、心より感謝申し上げる」

そう言うと柚は、瞬きするのも憚(はばか)られるほどの美しい所作で頭を下げた。

対する紗和は、柚の思いもよらない言動に、目を白黒させて狼狽(ろうばい)した。

「紗和が部屋担当で、柚は幸運じゃな」

「い、いえ、滅相もございません! お礼を言っていただくほどのことではありませんので、どうか顔を上げてください!」

まさか、あやかし界の有名人である白蛇(しろへび)令嬢に頭を下げられるとは思わなかった。

紗和は顔を真っ赤にして、おたおたしながら目を回した。

「ハハッ。今年の夏は楽しくなりそうじゃ」

柚は、そんな紗和を見て笑った。

その笑顔は、ここまで柚が見せてきた高貴なご令嬢ぶりと違って、見た目相応の可愛らしい女の子のものだった。

二泊目　交差する想いとパンケーキ

桜が散り紫陽花の季節が終わっても、鎌倉を訪れる観光客の数は減らない。海水浴に、お祭りに、花火大会に——夏の鎌倉は、イベントが目白押しだ。

吾妻亭は、そんな鎌倉市常盤地区の一角に立っている。

あやかしや神々が住まう幽世ではなく、現世にある、あやかし専門の幽れ宿。

ただし、〝あやかしにしか視えない〟ようになっていて、現世に住む人々には見つけることすらできないのだ。

紗和は、そんな吾妻亭に招かれた、唯一の〝人〟だった。

招かれたというより、選択の余地なく連れてこられたと言ったほうが正しいかもしれないが——……。

「んっ、ふあぁ。いい匂い」

夜が明ける少し前、紗和は味噌汁のかぐわしい香りに起こされた。

瞼の裏に浮かぶのは、昨夜のまかないで出された、鎌倉野菜がたっぷり入ったお味噌汁だ。

出汁の味が染みたほくほくの大根に、色鮮やかな甘い人参。口の中でとろける玉ねぎと、鼻から抜ける青ネギの香り、ほどよい塩味に感嘆させられる味噌の風味。

吾妻亭の花板(はないた)である仙宗が、温めているのだろうか？

幸せな朝を迎える気満々で上半身を起こした紗和は、

「紗和さん、おはようございます」

「…………え？」

寝起き早々、部屋にいるはずのない男の姿を見て固まった。

「す、す、翠様っ⁉」

柚の付き人の翠だ。翠はなぜか紗和の部屋の片隅で、姿勢よく正座していた。

「どどどどど、どうしたんですかっ⁉」

動揺した紗和は、つい大きな声を出してしまった。

すぐに、しまった！　と後悔したが、後の祭りだ。

「紗和っ、なにかあったのか⁉」

紗和が予想した通り、光の速さで常盤がすっ飛んできた。

「なっ⁉」

常盤は紗和の部屋に翠がいるのを見て、信じられないという顔をして片眉を吊り上げた。

「まさか、紗和の寝込みを襲おうと――！」

次の瞬間、常盤の指先に、怒りを表すどす黒い焔が灯った。

〝黒い焔〟は、常盤が怒ったときに出す、妖術のひとつだ。

「と、常盤、待って！」

あわてて立ち上がった紗和は、常盤の腕にしがみついた。

「柚様の付き人の翠様が私の寝込みを襲うなんて、そんな馬鹿なことするわけないでしょう⁉」

「だが、現に紗和の部屋にいるだろう！」

「そ、それは、なにか事情があってのことだよ！」

（そうですよね？　いや、そうであってください翠様！）

紗和は心の中で懇願しながら、あらためて翠に目を向けた。

（――んん？）

すると、あることに気が付いた。

翠の傍らには、食事がのったお膳がひとつ、置かれていたのだ。

「翠様、それは……？」

紗和は、おそるおそる翠に尋ねた。

すると翠は昨日と同じ抑揚のない声で、この事態に至った経緯を説明してくれた。

「誤解を招いたようで、申し訳ありません。無償で泊まらせていただくのは申し訳なく、朝餉の準備だけでもと思い、ご用意させていただいたのです」

なるほど。紗和が感じた味噌汁の香りの正体はこれだったのだ。

どうやら、この屋敷の炊事場を使ったらしい。

翠は長いまつ毛を伏せると、紗和たちの前で三つ指をついた。

「紗和様を起こすのは忍びなく、お目覚めになられるまで待っておりました。こちらの膳には状態維持の妖術をかけているので、いつでもできたての状態でお召し上がれます」

つまり、どんなに時間が経っても冷めないというわけだ。

(すごい便利な妖術！　って、感心してる場合じゃないよ！)

翠は一体何時に起きて、朝餉の用意をしたのだろうか。

相変わらず姿勢を崩さない翠を見て、紗和はなんとも言えない気持ちになりながら、コホンと小さく咳払いをした。

「わざわざ用意してくださって、ありがとうございます。でも、翠様は大切なお客様ですから、私たちにこのようなことをする必要はないのですよ」

「ですが、私は正規の宿泊客ではありませんので」

「そんなことありません。昨日も申し上げた通り、柚様のお連れ様なら、私たちにとっては大切なお客様です。それに、従業員の朝ごはんは吾妻亭の調理場で働く従業員が用意するので、翠様がお気を使われる必要は、本当にないんです」

紗和は翠の心遣いを無下にはしないよう、しかし、同時にこちらの想いも伝わるように、慎重に言葉を選んだ。

「翠様のお食事も、こちらの屋敷まで私が運びますので。どうかこれからは、翠様もご自身のお時間は、ご自身のためにお使いください」

柚が夏の間は吾妻亭で余暇を楽しむのなら、翠にもここで、なるべく羽を休めてほしいというのが、紗和をはじめとした吾妻亭一同の願いだった。

ところが、普段から柚の付き人をしている翠は、〝おもてなしをされる〟ことが絶対的に慣れない様子だ。

「余計なことをしてしまい、申し訳ありませんでした」

そう言うとまた三つ指をついて、うやうやしく頭を下げた。

(もしかして、恐縮させちゃった⁉)

「いいえ、私はすごく嬉しかったです！　だから翠様が謝る必要はありません」

「ですが……」

「せ、せっかくなので、今日は翠様が作ってくださった朝ごはんをいただきますね！　翠様、本当にありがとうございます」

　そう言うと紗和は、大袈裟な笑みを浮かべた。

　翠はやはり恐縮した様子だったが、これ以上この話を引っ張るのは意味のないことだと判断したのか、視線を落とした。

「ありがとうございます。あの、一点よろしいでしょうか。柚様はともかくとして、私などに〝様〟付けはなさらないでください」

　ふたたび姿勢を正した翠は、顔を上げると紗和を真っすぐに見つめた。

「で、でも……」

「私はそのように呼んでいただける身分の者ではありませんので、どうにも落ち着かないのです」

　淡々と話す翠は、相変わらず表情に変化はない。

　ただ、引くつもりはないという意志だけは、空気感で伝わってきた。

「わ、わかりました。では、お言葉に甘えて、翠さんとお呼びしてもよろしいですか？」

「はい、ありがとうございます」

「いえ、こちらこそ、ありがとうございます。翠さんも、私のことは紗和と気軽に呼んでくださいね」

　結局、根負けした紗和は、翠の願いを聞き入れた。

翠は少しだけホッとした様子で胸を撫でおろしたが、すぐにまた表情を無に戻す。

「承知しました。それではお言葉に甘えさせていただき、私も紗――……」

「間違っても、〝紗和〟と呼び捨ては、やめていただこう！」

そのときだ。突然口を挟んだ常盤が、翠の言葉を遮った。

驚いた紗和が振り向くより先に、常盤は翠に見せつけるように、紗和を背後から抱きしめた。

「ちょっ！　常盤⁉」

「翠殿。昨日説明しそびれたのだが、紗和は俺の花嫁になる予定の女性なんだ」

あくまで予定で、紗和は〝なる〟と了承したつもりはない。

「そういうわけで大変申し訳ないが、今後は紗和の寝所には決して立ち入らないでいただきたい」

キッパリと言い切った常盤の目は真剣で、紗和を抱きしめる腕は力強かった。

常盤との結婚については、紗和は五歳のときにそういう約束をしたというだけにすぎない。

しかも、紗和はその約束のことを、まったく覚えていないのだ。

だから吾妻亭に来て約三ヶ月が経った今でも現実味を持てず、足元はふわふわしていた。

こうして臆面もなく好意をぶつけられると、どう反応していいかわからなくなる。常盤の独占欲にあてられて、紗和の顔は熱くなった。

（って、照れてる場合じゃないから！）

「す、翠さん、お見苦しいところをお見せして、申し訳ありませ――……」

我に返った紗和は、あわてて翠に謝ろうとした。

ところが翠を見たら、言いかけた言葉が止まってしまった。

（どうしたんだろう）

翠は、どこか寂しげな表情を浮かべていたのだ。

その表情を、紗和はどこかで見たことがあるような気がした。

（あ……そうだ。昨日、翠さんを見る柚様が、同じような表情をしていたんだ）

平然と外で寝ると言った翠を見る柚も、今の翠と似た表情をしていた。

「翠さん、大丈夫ですか？」

なんとなく心配になった紗和は、翠の顔を覗き込んだ。

対する翠はハッと目を見開いたあと、一瞬で表情を無に戻した。

「いえ。未熟者故に配慮が足りず、申し訳ありませんでした。常盤殿が仰る通り、許可なく女性の寝所に立ち入るなど、下衆の所業でした」

「う……っ！」

〝下衆の所業〟という翠の言葉に、特大ブーメランを食らった常盤は、紗和を抱きしめていた腕を放した。

「以後、このようなことがないようにいたします」

そう言って頭を下げた翠は一見すると平常運転だった。

しかし、翠を見つめる紗和の胸には、わずかな違和感が残った。

「またのお越しをお待ちしております」

翠とのアレコレのあと、朝の支度を終えて仲居着に着替えた紗和は、屋敷を出て吾妻亭に向かった。

そして夜勤だった仲居と交代し、宿泊客の朝食対応、お見送りをする。

全員のチェックアウトが済んだら、次は本日宿泊予定のお客様を迎える準備だ。

(相変わらず忙しいけど、今日は順調かも!)

紗和は頭の中で仕事の段取りを組みながら、早足で廊下を歩いていた。

すると、帳場の前を通り過ぎようとしたところで、

「紗和、ちょっといいかい」

仲居頭の阿波に呼び止められた。

「なにかご用ですか？　あれ……翠さん？」

阿波の隣には、なぜか翠がいた。

会うのは朝以来だ。

そして紗和が呼び止められたタイミングで、帳場から小牧と常盤が出てきた。

（なにかあったのかな？）

吾妻亭のトップスリーが揃っている状況に、紗和は一瞬身構えた。

「翠さんが、吾妻亭で仲居として働くことになったよ」

「え？　どういうことですか？」

端的に告げられた阿波の言葉を、紗和はすぐに理解することができなかった。

なぜなら翠は柚の付き人で、吾妻亭のお客様。

その翠が吾妻亭の仲居をするなど、意味がわからない。

混乱する紗和を見て、今度は不満顔の常盤が口を開いた。

「翠殿から、柚様が宿泊している期間中、吾妻亭の仕事を手伝わせてほしいと申し出があったんだ」

「翠さんからの申し出、ですか？」

紗和が聞き返すと、今度は翠が口を開いた。

「はい。昨日、私は小牧様から、私が泊まるのは吾妻亭の客室ではないので宿泊料金はいただけないと説明をされました」

しかし、翠はそれに納得がいかなかったようで、それならば宿泊料の代わりに、吾妻亭で働かせてほしいと申し出たというわけだった。

（今日の朝ごはんの件も、もしかして翠さんはそういう気持ちがあったから作ってくれたのかな）

「で、でも、柚様の付き人としての仕事はどうするんですか？」

「柚様には、柚様のお世話をする以外の時間は吾妻亭で働かせていただきたいとお伝えし、しかるべく許可をいただきました」

柚も翠の一件で吾妻亭には感謝をしており、翠が少しでもお役に立てるのならと、むしろ前向きに送り出してくれたとのことだった。

「そういうわけで、三人でどうするべきか話し合ってね。とりあえず翠さんには、仲居の仕事を手伝ってもらうことにしたんだ」

阿波にあらためて説明されても、紗和は『はい、そうですか』とは言えなかった。

（だけど、お手伝いなんかしなくていいって言っても、翠さんは納得しなさそう）

朝ごはんの一件と、今回の申し出。

ここで断っても、翠はますます肩身を狭くする。

吾妻亭のトップスリーも今の紗和と同じことを思ったからこそ、翠からの申し出を受け入れたに違いない。

「紗和には、翠さんの教育係をしてもらうよ」

「わ、私が翠さんの教育係ですか⁉」

「ああ。これについては、柚様たってのご希望でね。翠さんは、ぜひ紗和の下で働かせてほしいと。紗和は柚様のお部屋係でもあるし、ある意味ちょうどいいだろう」

そこまで言うと、阿波は小さく頷いた。

たしかに、柚の部屋係を務める紗和であれば、翠のことでなにかあっても対応がしやすい。

紗和の先輩である稲女も柚の部屋係ではあるが、ベテランで仕事のできる稲女は紗和よりも担当しているお客様が多いので、やはり紗和が適任に思えた。

（しかも、柚様たってのご希望って……）

「紗和さん、どうぞよろしくお願いいたします」

まだ気持ちの整理がつかない紗和の前に立った翠が、姿勢を正してから頭を下げた。

「そ、そんな！　こちらこそ、どうぞよろしくお願いします！」

あわてて紗和も頭を下げた。

その一連のやり取りを見ていた常盤だけが、

「ハァ……」

と、ひとり納得していない様子で、悩ましげな息を吐いた。

「吾妻亭には、客室が六部屋あります。その他に宴会場や調理場、庭園に、あとは従業員の住居スペースである離れの棟や裏山なども入れたら、敷地自体は相当な広さがあります」

早速男性用の仲居着に着替えた翠とともに現場に立った紗和は、基本的な吾妻亭の情報を説明した。

「吾妻亭の建物は、もともとあやかし界で有名な豪商の別荘だったらしくて。手放されてから随分と時間が経って、荒れ果てていた建物を改装してお宿を始めたと聞きました」

初めて吾妻亭を訪れた日、紗和は心の底から感動した。

重厚かつ風格のある数奇屋門と、格調高い石畳。

美しく手入れされた庭園に置かれた、色鮮やかな花手水。

まるで江戸時代にタイムスリップしたようで、荘厳かつ雅(みやび)な純和風の建物は、日々の喧騒を忘れさせてくれた。

「仲居の仕事については、やりながらひとつずつ教える感じでもいいでしょうか?」

紗和自身もそのようにして学んできた。

なにより吾妻亭は本日も満室のため、お客様が来るまでの間にやらねばならぬことがたくさんあるのだ。

「はい、大丈夫です。結局、紗和さんのお時間を取らせることになり、申し訳ありません」

「いえいえ、私のほうこそ教育係として至らない点ばかりだと思うので、お気になさらないでください。それじゃあ、えーと……。私たちは、まず、桜の間の準備をしましょう。もしも気になることや質問があれば、気軽に聞いてくださいね」

そう言うと紗和は、翠にニッコリとほほ笑みかけた。

仲居として働き始めたころの紗和が、今の紗和を見たら驚くかもしれない。

（私の教育係は稲女さんだったけど、最初は本当に右も左もわからなくて迷惑をかけたもんね）

それが、まだ仲居を始めて三ヶ月という短期間で教育係を任されることになるとは、やはり人生はなにが起きるかわからない。

紗和は自分の成長を感じて、少しだけ鼻を高くした。

――しかし、そんなふうに鼻を高くしてから数日後。

高くなったはずの鼻は、見る影もなく元に戻ってしまった。

「紗和さん、桜の間と紅葉の間、そしてロビーの掃除が終わりました。これから、お料理の確認のために、厨房に行ってまいります」

「ハ、ハイ。ヨロシクオネガイシマス……」

紗和が数ヶ月かけて学んだことを、翠はたった数日で習得してしまったのだ。

翠はとにかく仕事を覚えるのが早く、動きも効率的で、手際もよかった。

さらに、謙虚な上に勤勉で、気も利くという完璧ぶりだ。

(もう、私が教えることが、ほとんどないんだけど)

昼休憩時、稲女にそのことを話したら、

『もともとのポテンシャルの違いね』

と、鼻で笑われてしまった。

阿波も翠のポテンシャルの高さを見抜いていたからこそ、まだ仲居としては頼りない紗和が教育係になることを許したのだと、今ならわかる。

「生け花は、この位置でよろしいでしょうか」

その日の午後、紗和と翠は明後日使う予定の宴会場の準備をしていた。

「はい、そこでバッチリです」

午後になっても翠の仕事スピードは衰えない。むしろ、正確さが増しているような気さえするから恐ろしい。

(すごいなぁ。柚様の付き人としての仕事もしながら、仲居業もこなしているんだも

んね）

普通に考えれば、紗和の倍は働いているということだ。

しかし、それについては、翠の主人である柚の心が寛大なことも関係していた。

翠が仲居業で忙しいときには、柚は自分の世話は後回しでいいと話しているのだ。

『仲居の仕事をすることは、翠にとってもよい経験になるはずじゃ』

ふたりは、理想的な主従関係に思える。

なんとなく興味が湧いた紗和は、

「翠さんは、どういった経緯で柚様の付き人になられたのですか？」

と、仕事をしながら、何気なく翠に尋ねた。

「それは……」

すると翠が動かしていた手を止め、言い淀んだ。

翠の顔色が少しだけ曇ったのを見て、紗和は思わず冷汗をかいた。

「す、すみません！　急に立ち入ったことを聞いてしまって」

「いえ、問題ありません」

ひと呼吸置いてそう言った翠は、すぐにいつも通りの無表情に戻った。

相変わらず、翠がなにを考えているのか、感情を読み取るのは難しい。

「私は、柚様に拾われたのです」

平坦な声色でそう言った翠は、長いまつ毛を静かに伏せた。

「拾われた？」

「はい。私はあちらの世界――幽世では、いわゆる異質な存在なのです」

「異質な存在って……もしかして、翠さんは邪血妖なんですか？」

人である紗和が邪血妖について知っていたことが意外だったのか、翠がほんの少しだけ意外そうな顔をした。

けれど、またすぐに表情を無にすると、続きを淡々と話し始めた。

「ええ、そうです。私は蛇族の父と、遊女をしていた土蜘蛛の母から生まれた邪血妖です」

翠の父は、遊女であった翠の母のもとに通う太客のひとりだった。

ほどなくして母は翠を身篭ったが、遊女という職業柄、翠が生まれるまで父親が誰なのかは不明だったという。

「幸か不幸か、生まれた私は蛇族の血を引いていることがわかりました。母のもとに通っていた客の中で、蛇族なのは父ひとりだったようで。当初、母は随分喜んでいたようです」

翠の母は、翠の父に思いを寄せていたからだ。

しかし翠の父は、翠が自分の子だということを絶対に認めず、無情にも母のもとを去っていった。

『あんたができたりしなけりゃ、あの人は私を捨てなかった！』

自暴自棄になった母は、なんの罪もない翠を責めた。

責めて、責めて、責め続けた。

挙句、男である翠は遊郭では使い物にならないと、邪魔者扱いされるようになった。

「その状況が偶然にも、遊郭の元締めをしていた蛇族の長、柚様の父君であられる大五郎様のお耳に入ったのです」

高貴な蛇族の血が入った邪血妖など、外聞が悪い。

大五郎は翠の存在は身内の恥だと考え、責任を持って翠を殺処分することを決めた。

しかし、それに待ったをかけた、ひとりの少女がいた。

父、大五郎の仕事に同行していた白蛇令嬢こと、娘の柚だ。

『このような覇気のない目をした童を見るのは初めてじゃ。面白い。柚がそなたを、一端のあやかしに育て上げてやろう』

当時の柚は、拾われた翠よりも幼子な見た目をしていたが、その高貴なオーラと立ち居振る舞いは現在の柚に引けを取らぬほどだったという。

母が働く廓以外の世界を知らなかった翠は、柚という存在にただただ圧倒された。

「それから私は柚様の計らいで教育を受けさせていただき、数年後には付き人としておそばに置いていただけるようになりました」

柚は出生や境遇にかかわらず、自分が信頼する者をそばに置くと言った。

邪血妖である翠が誰かに蔑まれれば、柚は盾となって翠を守った。

『柚の大切な従者を愚弄することは、誰であろうと絶対に許さぬ！』

以後、翠は柚のために命を賭して働こうと心に誓った――というわけだ。

「柚様がいなければ、今の私はおりません。柚様は、私が生きる理由なのです」

そう言うと翠は、とても穏やかな笑みをたたえた。

初めて見る翠の笑顔に、紗和の心は明かりが灯ったように温かくなった。

「おふたりは、強いきずなで結ばれているんですね」

ところが紗和がそう言ってほほ笑み返すと、ふたたび翠の表情が曇った。

「しかし、私が柚様のおそばにいられるのも、あとわずかの間なのです」

「え？　それって――」

どういうことですか？　と、紗和が思わず聞き返そうとしたら、

「おお、ここにいたか。探したぞ」

突然、宴会場の入口のほうから声がした。

「ゆ、柚様⁉」

現れたのは、白い着物に身を包んだ柚だった。

驚いて反射的に声を上げてしまった紗和とは対照的に、翠は静かに頭を下げた。

「私がお伺いするべきでしたのに、ご足労おかけして申し訳ありません」

「いや、よい。用があるのは翠ではなく、紗和のほうなのじゃ」

「私、ですか？」

柚に名指しされた紗和は、キョトンと目を丸くした。

しかし、すぐに自分は柚の部屋係だったことを思い出し、背筋を伸ばした。

「どういったご用でしょうか？」

「ふむ、実はな。柚は兼ねてより、小雪嬢と親交があってな」

「え……。小雪嬢って、もしかして、雪女の小雪さんですか⁉」

「ああ、そうじゃ。紗和は以前、小雪嬢が吾妻亭に泊まりに来た際に、部屋係をしたのではないか？」

「は、はい。たしかに私が、小雪さんのお部屋係をさせていただきました」

紗和が答えると、柚は「やはりな」と頷いてから、ほほ笑んだ。

〝雪女の小雪〟は、一ヶ月半ほど前に吾妻亭に泊まりに来た宿泊客のひとりだ。

紗和が初めてひとりで部屋係を担当した、思い入れ深いお客様でもある。

「柚としたことが、吾妻亭に来る前に、その小雪嬢と話したことを、すっかり忘れておっての」

「小雪さんと、柚様がお話ししたこと、ですか？」

「うむ。〝吾妻亭で働く仲居に、鎌倉案内をしてもらってとても楽しかった〟と、小雪嬢は嬉しそうに話しておったのじゃ」

そう言われて紗和の脳裏をよぎったのは、小雪に頼まれて鎌倉の街を案内したときのことだった。

紗和は、小雪とともに鎌倉大仏として名高い国宝銅造〝阿弥陀如来坐像〟を拝観したあと、大仏切通を散策した。

小雪との鎌倉観光は仕事の一環ではあったが、楽しく、いい思い出になっている。半面、あのときは常盤に思いを寄せる小雪にヤキモキもした。

結果として、その小雪との一件が、常盤との記憶を取り戻すきっかけに繋がったわけだが。

(まさか、小雪さんと柚様に親交があったなんて)

思いもよらぬ繋がりだ。つい、紗和の顔がほころんだ。

「小雪嬢は、紗和のことを大層気に入っている様子であったぞ」

「ありがとうございます……。そう言っていただけるのは光栄ですし、なにより小雪さんのお話を聞けて、とても嬉しいです」

紗和の返事を聞いた柚は、満足そうにほほ笑んだ。

自分が担当したお客様が、自分のことを周囲の人に嬉しそうに話してくれる。もしかしたらそれは、仲居冥利に尽きる〝ご褒美〟と言えるかもしれない。

思わず紗和がほくほくと喜びに浸っていたら、

「コホン」

小さく咳払いをした柚が、今度は少しだけ言い難そうに口を開いた。

「そこで、じゃ。紗和に用というのは、な」

「あっ、そうですよね！　どういったご用件でしょうか」

「小雪嬢の話を思い出し、柚もぜひ、紗和に鎌倉案内をしてもらいたいと思うたのじゃ」

「私が、柚様に鎌倉案内を？」

「ああ、そうじゃ。たまには、気兼ねなく出かけてみたくなってな。ワガママを申しておるのは承知の上だが、どうか柚の願いを聞いてくれないか」

そう言った柚の顔は、真剣そのものだった。

紗和は予想外のお願いに一瞬ポカンとして固まったが、すぐに我に返って笑顔を見せた。

「ワガママなんかじゃありません！　私でよろしければ、ぜひご案内させてくださ い！」

「本当にいいのか？　柚のこと以外にも、仕事は山ほどあるのだろう？」

「問題ありません。翠さんがシゴデキ――すごく優秀なおかげで、通常業務にもかなり余裕がありますし。なにより、柚様をおもてなしするのが、柚様のお部屋係である私の務めでもありますから」

だから、柚が気に病む必要はない。

言い切った紗和が胸を張ると、柚はホッと胸を撫でおろした。

「紗和、悪いな。では、よろしくたの――」

「柚様、お待ちください」

と、そのとき。

それまで黙って話を聞いていた翠が、口を挟んだ。

「なんじゃ、翠。なにか言いたげじゃな」

水を差された柚が、ほんの少し不満げに翠を見た。

「柚様がお出かけになられるのであれば、私も同行させていただきます」

「ならん。柚は先ほど、〝気兼ねなく出かけたい〟と申したであろう。だから今日は、そなたはついてこずともよい」

「そういうわけにはいきません。私も同行いたします」

食い下がった翠は、柚を真っすぐに見据えていた。

対する柚は、スンッとしながら、余裕たっぷりに腕を組んだ。

「先ほど話した小雪嬢は、紗和とふたりで出かけたと申しておったぞ。だから柚も、紗和とふたりで出かけたい」

「小雪様は小雪様です。私は今、柚様の話をしているのです」

断言した翠は相変わらずの無表情だったが、いつもよりも少しだけ口調が強く感じられた。

これにはさすがの柚も、わかりやすく、顔をムッとしかめた。

ふたりの間に挟まれている紗和は、おろおろすることしかできなかった。

（な、なんだか急に険悪な空気が……）

「翠は、柚を子供扱いしているのか？」

「そうではありません。私は、柚様の御身を案じているだけです」

「はっ！　柚を誰だと思うておる。己の身くらい、己で問題なく守れるわ」

「それは……そうかもしれません。ですが私は、もしも〝今〟、柚様の御身になにかあれば大変なことになるという、可能性の話をしているのです」

もう一度翠が強い口調で言い返した瞬間、

「くどいぞ！　そんなことは、お前に言われなくとも柚が一番よくわかっておるっ！」

これまで淡々と応戦していた柚が、力強く吠えた。

突然の咆哮に空気はビリビリと震え、紗和はまさに蛇に睨まれた蛙状態で固まった。

柚の瞳孔は開かれ、目尻は険しく吊り上がっている。

チクチクと肌を刺すのは、怒れる柚が放つ、あやかし特有の妖気だろう。

あやかしの世界でも高貴な一族として知られている蛇族のご令嬢、白蛇令嬢の異名は伊達ではないと思い知らされる。

「わ、私のお伝えの仕方が悪くて、申し訳ありません。ですが、やはりお出かけになられるのなら、私も一緒にお連れください」

「諦めの悪い男じゃのぅ。仮に、出先でなにかあったとて、そなたよりも柚のほうが確実に賊を排除できる力があるぞ」

「それは……柚様の仰る通りだとは思います」

「だったら、この話はもう終わりじゃ」

「いいえ。私では力不足なのは百も承知ですが……。私は、いかなるときも柚様のおそばにいて、いざというときに盾になるべき存在です。柚様の付き人である以上、私は柚様のおそばを離れるわけにはいきません！」

今度は翠が力強く言い切った。

初めて見る翠の必死な様子と切羽詰まった表情に、なぜだか紗和の胸は痛んだ。

「……付き人、か」

と、不意に、今にも消え入りそうな声でつぶやいたのは柚だ。

ハッとした紗和が柚に目を向けると、柚は寂しげな笑みを浮かべていた。

今まで怒っていたのが嘘のようだ。

なにかを諦めたようなその表情は、朝ごはん事件が起きた際に翠が見せた表情と、どことなく似ていた。

(なんだろう。なんでこんなに、心がざわざわするのかな)

以前も覚えた違和感に、紗和の胸は締めつけられ、落ち着かない。

「とにかく柚は、紗和と出かけるぞ。お前は大人しく、ここで柚の帰りを――」

「でしたら、私が同行いたしましょう」

そのとき、また、宴会場の入口のほうから声が聞こえた。

「え……って、常盤⁉」

ふらりと現れたのは、常盤だった。

思いもよらぬ常盤の登場に、紗和だけでなく、柚と翠も驚いた様子で目を見開いた。

「翠殿は、柚様の身を案じておられるのですよね。しかし、柚様は翠殿の同行を拒否している、と」

一体いつから話を聞いていたのか。

淡々と話す常盤は、やや勝ち誇ったような笑みを浮かべていた。

「翠殿の柚様に対する忠誠心は大変ご立派ですが、あまり押しつけがましくなるのは、柚様に窮屈な思いをさせることになるのでは？」

自分は散々紗和にストーカーまがいのことをしておいて、どの口が偉そうに言うのか。

紗和は頭が痛むのを感じながら、心の中でため息をついた。

（たぶんだけど。これ、絶対に私情を挟みまくってるよね……）

言ってることは間違っていないかもしれないが、言葉の端々に悪意を感じる。

紗和への愛が激重な常盤は、紗和との同居を翠に邪魔されたことを、完全に根に持っていた。

そして、紗和が翠の教育係になり、ふたりで行動していることもよく思っていないのだ。

だから常盤は、今こそ！と、翠への逆襲を企てているに違いない。

「こう言ってはなんですが、同じ邪血妖でも、私と翠殿では妖力に大きな差があります」

「ちょっと常盤！　その言い方は失礼でしょう⁉」

見かねた紗和が口を挟むと、常盤はツンとしてそっぽを向いた。

（子供かっ！）

「俺はただ、真実を述べただけだ。というわけで、これ以上の話し合いは不毛かと。私が同行して柚様の護衛をすれば、翠殿の心配事も万事解決となりますよね？」

「それは――……」

翠は返事に詰まって、難しい顔をした。

また、紗和の心が痛む。同時に、常盤の心の狭さに呆れ、腹が立った。

（だけど、ここで常盤に反対したら、また柚様と翠さんが揉めだすかもしれないよね）

柚の希望と、翠の忠誠心。

ちょうどいい塩梅はどこかと聞かれたら、たしかに常盤に同行してもらうのがいいような気もする。

「吾妻亭の主人自らが、鎌倉観光に同行してくれるとは豪勢じゃのぅ」

「もったいないお言葉です。私と紗和の息はピッタリ！　ですから、柚様には鎌倉散策を満喫していただけることでしょう」

「ハハッ、それは楽しみじゃ」

どうやら柚も、〝常盤の同行〟に一票を投じたようだった。

紗和が翠に目をやると、翠はいよいよ諦めた様子で、長いまつ毛を静かに伏せた。

「……わかりました。常盤様、紗和さん。柚様のことを、どうぞよろしくお願いいたします」

「翠さん……」

胸が痛む。翠の柚に対する想いを聞いたあとなので、なおさらだ。

「どうかご安心を。紗和と柚様は、責任をもってお守りいたしますので」

対する常盤はそう言うと、勝ち誇ったような笑みを浮かべた。

思わず眉間を押さえた紗和は、今日一番長いため息をついた。

「いいお天気で、絶好の鎌倉観光日和ですね」

胃が痛むような話し合いを終えた紗和、そして常盤と柚の三人は、吾妻亭を出ると鎌倉の街に降り立った。

「うむ。日差しは強いが、常盤殿の言う通り、夏らしくてよい気候じゃ」

そう言う柚の装いは、完全なる〝人仕様〟に変わっている。

白い肌には、向日葵(ひまわり)色のワンピースがよく映える。つばの長い麦わら帽子と、太ベルトのサンダル。斜めがけしたポーチは、柚の見た目年齢に合っていた。

(こうして洋服を着ていると、どこからどう見ても人にしか見えないよねぇ)

それは柚だけでなく、常盤にも言えること。

常盤は白いTシャツに、黒い細身のスラックス、デッキシューズというシンプルな装いだ。

　吾妻亭に来て三ヶ月と少し経つ紗和だが、常盤の洋装を見るのは今回が初めてだった。

「紗和も、落ち着いた雰囲気のワンピースがよく似合っていて可愛いよ」

「ど、どうもありがとう……」

　不意打ちで褒められて胸の奥がくすぐったくなった紗和は、熱くなった顔を隠すように、上機嫌な常盤から目をそらした。

　あわてて選んだブルーグレーのAラインワンピースは、ロング丈でスカート部分がプリーツ仕様になっている。一応、紗和なりに夏らしさを意識したつもりだ。

「常盤殿は、人に化ける際には、今のように角を隠すのか」

「はい。紗和のように、もともと我々あやかしが視える、〝視える人〟の前では基本的に隠しませんが、人に化けて街に出る際には、二本の角は隠します」

「なるほど。やはり、郷に入っては郷に従えじゃな」

　照れる紗和をよそに、常盤と柚が、あやかしトークに花を咲かせた。

　あやかしである柚と常盤は、通常であれば普通の人には〝視る〟ことができないのだ。

　しかし、あやかしは〝視えない人〟にも視えるように化けられるため、今はふたりとも完全に人に化けている状態だった。

（そうは言っても、ふたりとも、かなり目立っているけど）

紗和は何気なく、周囲を見渡した。

すると、やはり、立ち止まってこちらを見ているグループがあるのを見つけた。

常盤は、誰もが認める美丈夫だ。先ほどからすれ違う人、特に女性たちから熱い眼差しを送られている。

柚は柚で、絶世の美少女なため、多くの男性たちの視線を集めていた。

（もしかして、翠さんはこうなることがわかっていたから、あんなに心配していたのかも？）

今、紗和は周りの人の目に、どう映っているのだろうか。

もしかしたら、囚われた宇宙人くらいの異端な存在に見られているかもしれない。

「こうしていると、仲のよい兄姉妹に見えるかのぅ」

「う、う〜〜ん。それは、どうでしょうか……」

「紗和と俺が若夫婦で、柚様は紗和の実の妹というほうが自然なのでは？」

「おお！　それもいいな。では、今日はそのような設定で鎌倉観光を楽しむとするか」

対するこちらのふたりは、視線などなんのその。

常盤はともかくとして、意外にもノリノリな柚を見て、紗和は複雑な気持ちで笑みをこぼした。

「それで、今日はどちらにご案内いたしましょう」

もう、これは仕事だと開き直るしかない。腹をくくった紗和は、柚に尋ねた。

「今の時期なら、涼緑を楽しめる神社仏閣が鎌倉にはたくさんあります。ただし、七月は暑いので、散策するなら熱中症に気を付ける必要がありますが」

その他にも、楽しめるものはいろいろある。

鎌倉でも一番の有名どころ、鶴岡八幡宮（つるがおかはちまんぐう）では源平池（げんぺいいけ）の蓮の花が見ごろだし、それを見に行くのもいいかもしれない。

「なにか、柚様が気になる場所はありますか？」

紗和は、念のためにと吾妻亭から持ってきた観光案内を広げようとした。

すると、そんな紗和の手を、柚のひんやりとした手が掴んで止めた。

「柚様？」

「じ、実はな。柚は以前から、一度食べてみたいと思っていたものがあるのじゃ」

そう言うと、柚はなぜか顔を赤らめ、気まずそうに視線を落とした。

「なにを食べてみたかったのですか？」

「ぱ、ぱんけーきというものを、食してみたいのだ」

「パンケーキ！」

「鎌倉には、〝ふわふわぱんけーき〟を食せる茶屋があるのだろう？」

柚は恥じらいながら、上目遣いで紗和に尋ねた。

（か、可愛すぎない⁉）

紗和の心臓がギュンッ！　と鳴る。

胸を押さえてよろけた紗和を、常盤がうっとりと見つめながら腕で支えた。

「萌えている紗和も萌える……」

なんの言葉遊びだ——と心の中でツッコんだ紗和から、常盤がそっと手を放す。

「それならば、おすすめのカフェがありますので、ご案内いたします」

と、そう言うと常盤は、また上機嫌にニッコリとほほ笑んだ。

（常盤の、おすすめのカフェ？）

初耳だ。

紗和は一瞬首を傾げたが、常盤は相変わらずニコニコと笑うだけだった。

「ここ、ですか？」

常盤に連れられて、紗和と柚がやってきたのは、鎌倉市雪ノ下（ゆきのした）にある小さなカフェだった。

入口につけられた木の札には、『カフェひとつめ』と書かれている。

古民家を改装したらしい建物はレトロでオシャレな雰囲気なのに、どこか懐かしさを感じさせた。

「このカフェでは、一つ目小僧が働いているんだ」

「一つ目小僧⁉　ってことは、ここは吾妻亭と同じ、〝現世にあるあやかし専門のお店〟なんですか？」

「ハハッ。それは入ってからのお楽しみだ」

面白そうに口角を上げた常盤は、カフェひとつめの扉を開けた。

一つ目小僧が働いているカフェとは、一体どんなお店なのだろう。

紗和はドキドキしながら店内に足を踏み入れた。

ところが三人を迎えてくれたのは、〝目がふたつある〟笑顔のまぶしい男性店員だった。

「いらっしゃいませ――って、常盤さんだ！　今日はどうしたの⁉」

男性店員は常盤を見るなり、大きな瞳をキラキラと輝かせた。

年は高校生くらいだろうか。ふわふわの髪はピンクアッシュに染められていて、アイドルと言われても違和感がないほど可愛らしい見た目をしている。

「一之進、久しぶりだな。今日は客としてやってきたんだが、今から三名、入れるかな？」

一之進と呼ばれた男性店員は、「はい、大丈夫ですよ！」と答えると、三人を空いている席に案内した。

席に着くと、柚と紗和はお店おすすめのパンケーキを。常盤は、アイスコーヒーを注文した。

時刻はお昼前。店内は座席の三分の二ほどが埋まっていて、繁盛しているように見える。

（お客さんたちは、私と同じ〝人〟っぽいけど……）

たとえ人に見えても、常盤と柚のように、人に化けたあやかしである可能性もゼロではない。

「はーい、お待たせしました。ひとつめ特製パンケーキがふたつと、アイスコーヒーです！」

しばらくして、一之進が三人の注文した品を運んできた。

パンケーキはおすすめなだけあり、一枚が分厚くてふわふわ。バターとメープルシロップもたっぷりかかっていて、見るからにおいしそうだった。

アイスコーヒーは美しい琥珀(こはく)色で、グラスは涼しげな汗をかいている。

「何気に、僕がここで働くようになってから、常盤さんがお客さんとして来てくれるのは初めてですよね！」

「いろいろと忙しくて、様子を見に来られずすまなかった。その後、なにか困ったことはないか？」

「ぜんぜん！　オーナーも僕らに理解があってすごく優しいし、常盤さんに、ひとつめを紹介してもらえて本当に助かりました！」

常盤と一之進の会話から、なんとなく事情を察した紗和は思い切って尋ねてみることにした。

「あの、すみません。もしかして一之進さんは、あやかしなんですか？」

他の客には聞こえないように、精いっぱい声を潜めた。

すると一之進は一瞬キョトンと目を丸くしたあと、ニコッと柔和な笑みを浮かべた。

「はい、そうです。僕は、あやかしの一つ目小僧です」

それまでとは違って、一之進も声のトーンを落とした。

なんとなくそうなのでは、と紗和は感じていたのだが、やはり常盤が言っていた一つ目小僧は、一之進のことだったのだ。

話を聞くと、一之進はもともと幽世に住んでいたのだが、一つ目小僧なのに目がふたつあったことで、一族からは出来損ないと蔑まれてきたという。

「だから、嫌になって鎌倉現世に逃げてきたんですけど。行く当てもないし、どうしようかって彷徨っていたところを、常盤さんに助けてもらった感じで」

「そうだったんですね……」

「カフェひとつめのオーナーは、視える人なんですよ。それで、常盤さんがオーナーに交渉してくれて、今は人に化けながらここで働かせてもらっているんです」

お店の二階にある一室で、寝泊まりもさせてもらっているらしい。

話を聞いた紗和は心が温かくなった半面、なんとも言えない切なさも感じ、複雑な気持ちになった。

「一族の仲間を出来損ないと蔑むなど、絶対にあってはならぬことだ」

紗和の心情を代弁するかのように、つぶやいたのは柚だった。

ハッとした紗和が正面に座す柚を見ると、柚は力強い目を一之進に向けていた。

「そなたが望むのであれば、柚から一つ目族に、そなたの処遇改善を進言することもできるぞ」

そう言う柚の声も力強かった。

対する一之進はといえば、またキョトンとしたあと、すぐに明るく元気な笑みを浮かべた。

そして首をブンブンと左右に振る。

「心配してくれて、どうもありがとう。でも、僕は今、ここで働けてすごく幸せなんです」

「本当か？」

「はい！　ひとつめで働くようになってから、毎日が楽しくて。それで今は、ここで学んだことを生かして、いつかは自分でカフェを開きたいっていう夢もできたくらいだし！」

今日一番のまぶしい笑顔を見せた一之進がまとう色は、夏にピッタリの爽やかな空色だった。

彼の言葉と同じ、希望に満ちあふれた色だ。

紗和が抱いた切なさは消えて、思わず顔がほころんだ。

「だから本当に、ご心配には及びません！」

「そうか。それなら、よいのだが……」

ところが、一之進の話を聞いた柚の表情は暗かった。

なにかを考え込むように、視線も下に落ちていく。

（どうしたんだろう？）

不思議に思った紗和は、首を傾げた。

柚の性格であれば、〝一之進は素晴らしい！〟と褒め讃えそうなものなのに。

曇ったままの柚の表情を見ていた紗和は、声をかけるべきか迷ったが、

「パンケーキ、ぜひ、温かいうちに召し上がってください！　うちのパンケーキは、ふわっふわのとろっとろで、ほっぺが落ちちゃうおいしさですから！」

という一之進の言葉に、タイミングを奪われた。

「そうじゃな。我らは、ぱんけーきを食しに来たのだったな」

そう言った柚の目も、目的のパンケーキに向けられる。

一之進は、オーナーに呼ばれてキッチンに戻っていった。

店内も混んできたし、今、余計なことを聞くのは野暮な気もする。

「そうですね、食べましょうか」

気持ちを切り替えた紗和は笑顔で頷き、ナイフとフォークを手に取った。

一之進が運んできてくれたお皿の上には、厚いパンケーキが二枚と、少量の生クリームがのっていた。

パンケーキにナイフを入れると、上にかかっていたメープルシロップが断面にゆっくりと流れ落ちていく。

一之進の言葉と、その見た目通り、ふわっふわだ。

（背徳感の塊すぎる！）

一口大にパンケーキを切った紗和は、ほどよく溶けたバターとメープルシロップをたっぷり絡め、仕上げに添えられている生クリームを少しだけつけた。

フォークで持ち上げると、バニラの甘い香りが鼻先をくすぐった。

こうなると、もう我慢できない。

紗和は背徳感の塊を、躊躇うことなく口に運んだ。

「ん〜〜〜〜〜っ‼」

パンケーキは、ほとんど噛んでいないのに、口の中でとろけて消えた。

ふわっ！　しゅわっ！　とろっ。

最強の三拍子が揃ったあとは、味覚がほどよい塩味と上品な甘さで満たされる。

幸せの大行進だ。

見て、感じて、食べて、味わって、おいしさの余韻に浸る。

「ぱんけーき、噂以上に美味なるものよ……！」

感動していた紗和が顔を上げると、柚は紗和以上に瞳をキラキラと輝かせて感嘆していた。

その表情と声からは、幸せが滲み出ている。

〝パンケーキを食べてみたい〟

（柚様の願いを、最高の形で叶えることができたみたい）

心が躍った紗和は、思わず隣に座っている常盤を見た。

紗和と目が合った常盤は、パンケーキよりも甘くとろける笑みをこぼした。

ドキッとしたのは、ふたつの甘さに同時に攻められたからだろう。

「翠も連れてきてやればよかったな」

と、そのとき。不意にぽつりと、柚がつぶやいた。

紗和と常盤はハッと目を見開いたあと、互いの視線を柚に戻した。

「ぱんけーきがこのように美味なるものならば、翠にも食べさせてやりたかった」

そう言う柚は、とても寂しそうだった。

やはり、柚には翠が必要なのだ。

吾妻亭を出てくる際に見た翠の姿を思い出した紗和は、

「それなら、次は翠さんも一緒にお連れしましょう！」

と、満面の笑みを浮かべて柚に答えた。

ところが柚は、今度はなにかを諦めたように小さく笑う。

「次、か。本当に、そのような機会があればよいのだがな」

柚は、手にしていたフォークとナイフをお皿の上に置いた。

そして数秒の沈黙のあと、言葉を選びながら、とても静かに話し始めた。

「柚はこの夏が終わったら、ある男に嫁ぐことが決まっておるのじゃ」

「え……」

柚が言う〝ある男〟とは、蛇族の次期当主候補の男・夜刀(やとの)だった。

蛇族の現当主である柚の父には息子がおらず、柚と夜刀の結婚は、両家の父同士が決めた政略的なものだという。

「現世ではどうかわからぬが、幽世では種族の中でも力のある家同士が、互いのために政略的な結婚をするというのはよくある話。だから柚は、いずれ自分もそのような結婚をするだろうことは覚悟していた」

あやかし界の高貴な一族、白蛇令嬢の柚。

柚は幼いころから、自身に課せられた使命を運命として受け入れていた。

しかし、そんな柚が今、言葉を詰まらせ、苦々しい顔をしている。

「その夜刀殿に、柚様を悩ませる〝なにか〟があるのですね？」

「ああ。常盤殿が察した通りじゃ。夜刀は徹底した差別主義者でな。先ほどの一之進殿のようなあやかしや、邪血妖を心底嫌っておる。だから、翠のことも……。柚が夜刀のもとへと嫁げば、柚の付き人の任を解くように言われておるのじゃ」

「そ、そうなんですか？」

驚いた紗和は、続く言葉を失った。

同時に、これまで柚と翠に対して覚えた違和感の正体に気が付いた。

（翠さんも、今の話を全部知っているんだ）

柚のそばにいられるのも、あとわずかの間だと言った翠。

時折見せる、ふたりのよく似た切なげな表情も。

そして、柚が紗和と鎌倉の街に出ると言ったとき、〝今、その身になにかあっては大変だ〟と言った翠の言葉も——

(全部、今、柚様が話してくれた結婚のせいだったんだ)

紗和はこれまで感じたひとつひとつの疑問点が、すべて線で繋がったのを感じた。

「今回の旅も、婚前の最後のワガママということで、父にねだって、どうにか実現したことなのじゃ」

蛇族の中では、柚の両親と翠のみが知る、最初で最後のお忍び旅。

「ほ、本当に、この夏が終わったら、柚様と翠さんは離れ離れになってしまうんですか？」

紗和は思わず前のめりになって尋ねた。

思い浮かぶのは、柚に対する思いを吐露したときの翠の顔だ。

(翠さんは、あんなに柚様のことを大切に思っているのに……)

胸が苦しくなった紗和は、縋るような思いで柚を見つめた。

「そういうことになる。だからこそ、柚はこの夏の間に、翠には新たな道を見つけてほしいと思って、吾妻亭を旅の宿に選んだのじゃ」

「翠さんに、新たな道を？」

「ああ。翠は、あまりに柚に尽くしすぎるからな。このままでは、柚の付き人の任を解かれたあと、居場所を失うことになるだろう。だから、そうならないためにも、柚は翠を柚から離さなければならぬと思うておるのじゃ」

それが、翠の主人として、翠にしてやれる最後のことなのだと柚は語った。

「すべては、翠の幸せのためじゃ」

（もしかして、今日の鎌倉観光に翠さんを同行させなかったのも、少しでも自分から翠さんを離すためだったとか？）

翠に吾妻亭の仕事を手伝うことを許したのも、すべては翠の未来を思ってのこと。

そう考えると、紗和は柚の言動のすべてに納得ができた。

「常盤殿や、一之進殿はすごいな。きちんと自分の意志で己の生きる道を決め、未来を切り開こうとしているのだから立派じゃ」

困ったように笑った柚は、ふたたびフォークとナイフを手に取った。

柚は、翠にも己が生きる道を見つけてほしいと願っているのだ。

自分がそばを離れたあとも、翠が堂々と、ひとりで生きていけるように。

「暗い話をしてしまって、すまなかったの。せっかくのぱんけーきが冷めてしまう。早く食べよう」

そう言った柚は笑っていたが、紗和の目には無理をしているようにしか見えなかった。

翠が柚を心から大切に思っているように、柚も翠のことを、とても大切に思っている。

（それなのに、離れなきゃいけないなんて……）

膝の上で拳を握りしめた紗和は、胸の痛みを感じながら、隣にいる常盤に目を向けた。

紗和と目が合った常盤は困ったようにほほ笑むと、机の下で震える紗和の手に、自身の手をそっと重ねた。

三泊目　唐笠夫婦の落とし物

「へぇ、あのふたりにそんな事情があったとはねぇ」

柚と翠が吾妻亭に来てから、一週間と数日が経った。

学生たちの多くが夏休みに入ったことで、鎌倉の街は一層の賑わいを見せている。

「たしかに白蛇令嬢ともなると、政略結婚はマストかもね」

「現世では、今どき!?　って感じだろうし、さわっぺが驚くのも無理はないよ」

吾妻亭の厨房の一角で小休憩中の紗和は、同じく休憩中の稲女と義三郎に、柚と翠の事情を打ち明けた。

（ふたりがこれからも一緒にいられるように、なにかいいアイデアがあれば教えてもらいたいと思ったんだけど……）

「それじゃあ付き人くんは、白蛇令嬢を安心させるために、一刻も早く次の職場を見つけなきゃだわね」

「あ、それならいっそ、吾妻亭で働いてもらうのはどうっすか？」

「あら、義三郎もたまにはいいこと言うじゃない。付き人くん、なかなかいい仕事ぶりだし、それもありよね～」

紗和の思いとは裏腹に、稲女と義三郎は、ふたりが別々の道を歩むのは仕方がないという認識だった。

「っていうか、白蛇令嬢は最初からそのつもりで、うちに泊まりに来たんじゃないの？」

柚の付き人を解雇されたあとの翠の再就職先の下見で、吾妻亭に泊まりに来たというのが稲女の見解だ。

「俺もその説に一票です！　だとしたら、白蛇令嬢の心配事は万事解決っすね～」

ふたりは顔を見合わせて頷いていた。

対する紗和は、どうにも腑に落ちなくて、難しい顔をして顎に梅干を作った。

「本当に、それしか道はないんでしょうか」

「なに言ってるのよ。どう考えても、それしかないでしょ」

「うんうん、間違いなくそれがいいよ。さわっぺは、翠さんが吾妻亭で働くのは反対なの？」

「そういうわけじゃないですけど。私は、なんていうか……」

稲女と義三郎に断言されても、紗和は納得できなかった。

（柚様とふたりの言う通り、翠さんは柚様と離れて、新しい道を見つけるべきなの？）

本当にそれこそが、柚と翠にとっての最善の道なのだろうか。

「わ、私は、できればおふたりには――」

と、紗和が自分の考えを述べようとしたら、

「紗和、今、ちょっといいかな？」

常盤がふらりと現れ、紗和の言葉を遮った。

「ん？　なにか、話し合いの最中だったか？」

「あ……う、ううん。大丈夫。どうしたの？　急ぎの用事？」

平静を装った紗和は言葉を呑み込むと、首を左右に小さく振った。

「ああ。これから仕事で現世に出かけるから、その前に紗和の顔を見たいと思ったんだ」

常盤はといえば、紗和を見てニコニコと笑ってみせる。

ストレートな常盤の愛情表現は、いつも通りだ。

その〝いつも通り〟に、紗和はなんともいえない安心感を覚えた。

「許されるなら、いってきますのハグもさせてほしいところだが」

稲女と義三郎は、常盤の紗和への求愛場面に居合わせるのは慣れっこなため、ほほ笑ましさ半分、呆れ半分にため息をついた。

「言いながら両手を広げて迫ってくるの、やめてください」

「照れている紗和、推せる……！」

「べ、べつに照れてないです」

「ああ、俺の花嫁は、今日も本当に可愛いなぁ」

話が通じない常盤は、うっとりしながら紗和を見つめた。

ちょっとやそっとでは、めげない強メンタル。ここまでくると、羨ましいとすら思えるから不思議だ。

「それで、紗和はふたりとなんの話をしていたんだ？」

と、不意に声色を柔らかくした常盤が紗和に尋ねた。

常盤は先ほど、紗和が平静を装って言葉を呑み込んだことに、気づいていたのだ。

「あ……。柚様と、翠さんの話をしていたんです」

紗和が正直に答えると、常盤は「ああ」と小さく相槌を打った。

「私は、ふたりが離れ離れになるのが、どうしても最善だとは思えなくて」

できればふたりには、これからもずっと一緒にいてほしい。

ただし、そう思っているのは紗和だけで、稲女と義三郎の意見は違った。

(私は人で政略結婚になじみがないし、あやかしの世界では普通のことなんだ。だからきっと、常盤も稲女さんとサブくんと同じ意見だよね)

紗和は心の中でため息をついた。

しかし、次に常盤が口にしたのは、紗和の予想とは、まるで違う言葉だった。

「ふたりが離れ離れになるのは、間違いなく最善ではないだろうな」

「え？」

「互いを大切に思い合っているふたりが離れ離れになるのが、最善のはずがないだろう」

断言した常盤を前に、紗和だけでなく、稲女と義三郎も目を丸くして固まった。

「で、でも、柚様はこの夏が終わったら、結婚することが決まっているんだよ？」

「差別主義者の蛇族の男と、だったか」

「そう。だから翠さんは、嫁ぎ先には連れていくことはできないって……」

話を聞いてから、紗和は、どうにか翠も柚の付き人としてついていくことはできないだろうかと考えた。

そうすれば、ふたりは今まで通り、いい主従関係を続けられる。

ふたりが離れ離れになることもないし、ふたりにとっても、それが一番望ましい未来になるはずだ――と。

「俺からすると、もっと簡単な解決策が、他にあると思うがな」

ところが常盤は、また紗和の予想と異なることを口にした。

「簡単な解決策？　って、どういうこと？」

紗和は思わず身を乗り出して、常盤に尋ねた。

常盤を見つめる紗和の瞳は期待に満ちて、キラキラと輝いていた。

しかし、対する常盤はといえば、

「……教えない」

そう言うと、珍しくそっぽを向いた。

驚いた紗和は唖然として常盤を見つめた。

「お、教えないって、どうして？」

「紗和は、これを機に、もう少し男心を学んだほうがいい」

「え……？」

意味がわからない。

目を白黒させている紗和を見て、常盤は今度は意地の悪い笑みを浮かべた。

「ああ、残念ながら、そろそろ出かけなければならない時間だ。また、夜に――〝ふたりきりではない〟家に帰るよ、花嫁殿」

あてつけのようにそう言った常盤は踵を返して、本当に行ってしまった。

紗和は口をポカンと開けて固まったまま、わなわなと拳を震わせた。

(じ、自分だって、女心がまるでわかっていないくせに！)

翠が同居する前は、隙あらば紗和の寝床に潜り込んできた男が偉そうに言えることか。

反対に、翠は初日の一件以来、紗和の部屋には絶対に無断で入ろうとしないし、常に謙虚な紳士だった。

「翠さんのほうが、よっぽど女心をわかってるし！」

地団駄を踏む紗和の肩を、稲女が慰めるようにポンと叩いた。

「まぁまぁ。でも、よくよく考えてみたら、付き人くんと常盤様って、似た境遇同士よねぇ」

「え？」

「だって、付き人くんは死にかけたところを白蛇令嬢に救われたんでしょ。で、常盤様も死にかけていたところを紗和に救われて、今がある。ほら、ふたりとも、ひとりの女に救われたってところは同じでしょう？」

たしかに、稲女の言う通りかもしれない。

だけどそれが、柚と翠のことに、なにか関係あるのだろうか。

「常盤様と付き人くん。明確に違うのは、救ってくれた相手に対する感情だって気づいたのよ」

「感情？」

「そう。紗和にベタ惚れの常盤様と違って、付き人くんは命の恩人である白蛇令嬢に心からの忠誠を誓っている感じだし。似ているようで、似ていない。まぁ、どちらも極端すぎる激重感情には違いないけれど」

面白そうに笑った稲女とは反対に、紗和は難しい顔をして考え込んだ。

「常盤が言っていた解決策って、今、稲女さんが言ったことと、なにか関係しているんでしょうか」

「さぁねぇ。それはアタシにはわからないわ。でも、とにもかくにも、付き人くんはこれを機に、自分がやりたいことを見つけられるといいわよね」

「自分が、やりたいこと？」

「そうよ。結局、周りがどれだけ悩んだところで、最終的には本人がどうするかを決めなきゃいけないんだから。紗和だって、これについては同意でしょ？」

続けられた稲女の言葉に、紗和は返事をすることができなかった。

いや、返事をする資格はないと思ったのだ。

なぜなら紗和にも、身に覚えのある話だったから——……。

「さぁ、そろそろ仕事に戻りましょ」

「そうっすね〜。さわっぺ、今日も頑張ろうね！」

「う、うん……」

厨房を出て、仕事に戻っていくふたりを見る紗和の心は重い。

無意識のうちに胸の前で握りしめた手は、ひんやりとしていて冷たかった。

＊＊＊

結局、ふたりの最善はなにかという問いの答えは出ないまま、さらに数日が経過した。

常盤が考える〝簡単な解決策〟も、常盤が口を割らないので聞けずじまいだ。

そうこうしているうちに、七月が終わろうとしていた。

柚と翠が吾妻亭で過ごす時間も、残り一ヶ月と少しとなった。

「義三郎が、翠さんの包丁さばきを見て、戦々恐々としているようです」

最初は紗和のもとで仲居業を学んでいた翠は、一昨日から厨房の仕事を手伝っている。花板の仙宗に、手先が器用なことを買われたのだ。

偶然通りかかった小牧から翠の仕事ぶりを聞かされた紗和は、曖昧な笑みをこぼした。

「私も、最初は後輩ができて嬉しいな～、なんて思ってましたけど。あっという間に教えることがなくなっちゃったので、翠さんは本当にすごいです」

「翠さんは、調理場でも大活躍しているみたいですね」

いる。

最近では、柚の付き人の仕事よりも吾妻亭で働いている時間のほうが長くなっている。

それは、柚があえてそうなるように翠を突き放しているからでもあるのだが、紗和はなんとも言えない複雑な気持ちになっていた。

だが翠本人も、柚の狙いには、すでに気づいているのではないだろうか。

(もしも、翠さんが柚様から離れることに納得しているのなら、もう私が悩む理由はないのかも)

稲女の言う通り、翠が新たにやりたいことを見つけたのなら、それを応援するべきなのだろう。

「紗和さん、どうかされましたか?」

「え? あ……いえ、なんでもありません」

つい黙り込んでいた紗和は、あわてて笑顔を取り繕った。

実のところ、稲女と義三郎と話して以来、紗和は柚と翠の件以外にも考えることが増えていた。

(私、やっぱり人の心配をしている場合じゃないよね)

――自分が、やりたいことってなんだろう。

紗和はあれからずっと、考えていた。

現状の紗和は、吾妻亭で常盤の仮花嫁兼仲居として働いている状況だ。

期限の一年以内に常盤と正式に結婚することを決めなければ、常盤との結婚話を白紙に戻し、吾妻亭を去る約束になっている。

（常盤のことは好き。だけど、まだ結婚までは気持ちが追い付いていない）

吾妻亭の主人である常盤との結婚イコール、吾妻亭の女将になるということだ。

以前、紗和は仲居頭の阿波に、その覚悟があるかどうかを問われたことがあった。

そのときには、覚悟はないと答えた。

そして、今の紗和にも、まだ女将になる覚悟はなかった。

（つまり、吾妻亭の女将は、私がやりたいことではないってこと……だよね）

自分のことなのに自信が持てず、紗和は心が重くなった。

このまま一年経って気持ちが変わらなければ、紗和は吾妻亭を出て、ひとりで家探しと職探しを始めなければならない。

（そう考えると今の私って、なんとなく翠さんと状況が似てるかも?）

吾妻亭を離れたあとのことがまったく決まっていない紗和と、柚と離れたあとのことが決まっていない翠。

ところが両者には、決定的な違いがある。

なんでも器用にこなす翠は、どの道を選んでも問題なく生きていけるだろう。

一方の紗和はといえば、手先が器用なわけでもないし、これと言って得意なことがあるわけでもなかった。

唯一、みんなと違うところといえば、あやかしが視えることと、人の本質を色のオーラで視られることくらいだ。

(でも、人の本質が色で視えることについては、善し悪しだなぁって感じだし)

相手に変な先入観を持って接してしまう原因にもなるため、なるべくあてにしないようにしようと最近は心がけていた。

「私、いろいろ詰んでるよね……」

ため息交じりにつぶやいた紗和を見て、小牧は不思議そうに首を傾げた。

「ああ、紗和、ここにいたのかい！」

と、肩を落とした紗和のもとへ、仲居頭の阿波がやってきた。

滅多に取り乱さない阿波が、珍しく焦っている様子だ。

「小牧さんも一緒なら、ちょうどよかった」

「阿波さん、なにかあったんですか？」

小牧が尋ねると、阿波は眉間にシワを寄せて、短く息を吐いた。

「実は、仲居たちの忌引きが重なってしまってね。今日、宿泊予定のお客様に対応できる仲居が、足りなくなってしまったんだよ」

有り難いことに、本日も吾妻亭は満室御礼。

しかし、仲居として仕事に出られるのが、阿波と稲女と紗和の三人のみということだった。

「なるほど、それは厳しい状況ですね」

「ああ。明日は、戻ってくる子もいるし、どうにかなりそうだが……。今日をどう乗り切るか、考えないとね」

思いもよらぬピンチだ。

だけど、こういう事態を乗り越えてこそ、人は大きく成長するもの。

紗和は弱気になっていた自分を鼓舞するように、右手を高く真っすぐ上げた。

「大丈夫です。私も仲居の仕事に随分慣れましたし、なんとかします！」

紗和は無理やり胸を張って宣言した。

しかし阿波の顔色は、曇ったまま変わらなかった。

「なんとかするのは当然さ。だが、実際問題、手が回らなくなったらお客様にご迷惑をおかけすることになる」

「そ、そうですよね」

「大事なのは、こちらの事情をお客様に悟られず、いかに最大限のおもてなしをするか考えることだ。無考えに根拠のない自信だけ持っていたら、空回りして粗相をするよ」

バッサリと斬り捨てられた紗和は、意気消沈して俯いた。

「では、今日は翠さんに仲居の仕事に戻っていただいてはどうでしょうか」

「そうしたいんだけどね。仙宗に交渉したら、今日は厨房も人手が足りないって言われてしまったんだ」

そうなると、やはり阿波、稲女、紗和の三人でどうにかするしかなさそうだ。

「ならば、柚が仕事を手伝うのはどうじゃ？」

「「「え？」」」

そのとき、不意に背後から声がして、三人は同時に振り向いた。

「ゆ、柚様⁉」

紗和が思わず声を上げると、柚は勝ち気な笑みをたたえて三人のそばまで歩いてきた。

「部屋で写経をするのも飽きてきてのぅ。翠が世話になっている礼に、なにかできないか尋ねに来たところだったのじゃ」

柚は続けて、「いいタイミングだったようじゃの」と、嬉しそうに目を細める。

「柚に、仲居の仕事を手伝わせてくれ」

突拍子のない柚の提案に、紗和は目を白黒させて狼狽えた。

「ゆ、柚様にそんなことはさせられません！」

「柚が世間知らずのお嬢様で、頼りないからか？」

「そ、そうではなく、柚様は大切なお客様だからです！」

紗和の言葉に、小牧と阿波も力強く頷いた。

「ふむ、そうか。では、これはその大切なお客様からのお願いとしよう」

「え？」

次の瞬間、柚は姿勢を正し、美しい所作で頭を下げた。

「そなたらに、決して迷惑はかけぬと誓う。だから柚に、吾妻亭の仲居をやらせてくれ」

謙虚さの中に、気品ある芯の強さを見せられて、圧倒される。

（な、なんでこんなことに⁉）

言葉をなくした紗和、小牧、阿波の三人は、揃って目を丸くして、互いに顔を見合わせた。

「本日は、ようこそお越しくださいました」

吾妻亭に、本日宿泊予定のお客様が到着する時刻になった。

自らの申し出で仲居着に着替えた柚は、紗和と一緒にお客様のお出迎えに並んだ。

なぜ、こんな事態になっているかといえば、結局、紗和たちが柚に押し切られてしまったからだ。

『柚様、本気なのですか？』

『紗和、何度も同じことを言わせるな。柚はいつでも本気じゃ』

大切なお客様からのお願いだと言われたら、無下にはできない。

そうして見事に、仲居をする白蛇令嬢が爆誕した。

「あなたは、もしや蛇族のご令嬢の柚様ではありませんか？」

しかし、柚は、あやかし界のインフルエンサー的存在。

お客様の中には柚の顔を知る者もいて、仲居着姿なのを見て驚いていた。

「よく似ていると言われますが、別人でございます」

けれど、そんなお客様を、柚は何食わぬ顔で躱してやり過ごした。

言葉遣いもいつもとは別物で、本当に白蛇令嬢ではないみたいだ。

「そ、そう……ですか。たしかに、あの柚様が現世の宿で働くなど、ありえないことですものなぁ」

「ふふっ。ゆず――いえ、私の見た目が紛らわしいせいで、混乱させてしまい申し訳ありません。早速、お部屋のほうにご案内させていただきますね」

その物腰の柔らかさと、変わり身ぶりは、付け焼刃とは思えない。

本当に別人なのでは？　と疑いそうになるほど、完璧な仕上がりだった。

「それでは、ごゆっくりとお過ごしください」

案内を終え、三つ指をついた柚は、慣れた手つきで客室の扉を閉めた。

一部始終をそばで見ていた紗和は、思わず「はーっ」と感嘆した。

「紗和、柚の接客ぶりはどうじゃ？」

「す、素晴らしいです。翠さんに続いて、私が教えることはほとんどありません」

「そうか、それならよかった。とはいえ、柚はこれまで自分が客として見てきた者たちの真似をしているだけのこと。素晴らしいのは柚ではなく、手本となってくれた者たちじゃ」

そう言うと、柚は気品あふれる笑みを浮かべた。

あまりのまぶしさに、紗和はくらくらしてしまう。

（柚様はお嬢様だし、仲居の仕事なんてできるのかって、みんな心配していたけれど）

いい意味で予想を裏切る結果となった。

その後も紗和は、柚の働きぶりに、感動するばかりだった。

「柚様は、本当にすごいお方ですね」

お客様を部屋まで案内した帰りに、紗和は何気なくつぶやいた。

「そんなことはない。柚は運よく学ぶ機会を多く与えられたため、できて当たり前というだけじゃ」

まさか、ここで役に立つとは思わなんだが——と言葉を続けた柚は、喉を鳴らして愉快そうに笑った。

柚を知れば知るほど、翠が忠誠を誓いたくなる理由がわかる。

ご令嬢のイメージは、柚に完全に覆された。

「こうして実際に体を動かしてみたら、普段、屋敷の女中がどれだけ励んでくれているかもよくわかった。世間知らずの柚にとって、此度のことはいい体験じゃ。紗和たちには、柚のワガママを聞いてもらったこと、あらためて感謝する」

もはや、崇め奉りたいレベルだ。

すっかり柚に魅了された紗和は、高鳴る胸に手を当てた。

「柚様は、ご立派ですね」

「いや、柚などまだまだじゃよ。現に……翠の今後のことも、未だにきちんと示してやれずにいるしな」

と、不意にそう言った柚の表情が曇った。

いつも堂々としている柚だが、翠のことになると、どうしても俯きがちになってしまう。

紗和は、推し――いや、柚の笑顔を守りたいという思いで、前のめりになって口を開いた。

「柚様は、夏が終わったら本当に、翠さんと離れ離れになってしまわれるんですか？」

「ん？」

「私には、おふたりは理想の推しとファン――いえ、お互いを本当に大切に思い合っている素敵な関係に見えるので。離れ離れになるのは、どうしても納得がいかないというか、間違っているような気がするんです」

紗和は、思っていることをそのまま柚に伝えた。

対する柚は、切なげに眉根を寄せて沈黙する。

（やっぱり……柚様も本当は、翠さんと離れたくないって思ってるんだよね？）

柚の顔を見た紗和は、直感した。

もちろん、翠に、やりたいことを見つけてほしいと思っているのも本心だろう。けれど同時に、柚は、これからも翠にそばにいてほしいと思っているはずだ。

「結婚したら、本当に翠さんを解雇しないといけないんですか？」

「仕方のないことなのじゃ。以前も話した通り、柚が嫁ぐ予定の男は、自他ともに認める差別主義者の純血妖だからのぅ」

そう言うと、柚は太ももの横で握りしめた拳を震わせた。

仮に、翠を解雇せずに連れていったとしても、翠は邪血妖なので、間違いなく差別の対象にされてしまう。

「環境が変われば、柚の目が行き届かぬ場面も出てくるだろう。柚は……柚のあずかり知らぬところで、翠がまた、心ない声に苦しめられるのは嫌なのじゃ」

きっと、翠は陰でなにかされても、柚には報告しないだろう。心配をかけたくないという思いで、必死に隠し通すはずだ。

「そうなったら、お互い不幸になるだけだと思わぬか？」

柚の問いに、紗和は答えることができなかった。

信頼している相手と離れ離れになるのはつらいこと。

だけど一緒にいたら、相手を一生、苦しめることになるかもしれない。

「まだ、離れ離れになるほうがマシじゃ」

「そもそも、どうしてそんな差別主義者に、柚様が――」

〝嫁がなければいけないんですか？〟

紗和は、喉の奥まで出かかった言葉をギリギリのところで止めた。

柚だって、本当はそんな男に嫁ぎたくないはずだ。

（そうだよ。だって、柚様だもの）

聡明で、気高くて、思いやりにあふれた優しい女の子だ。

政略結婚だから、たとえ嫌でも嫁がなければいけないだけ。

考え方の違いや個人の好み程度の理由で、反故にすることは許されない結婚なのだ。

幼いころから自身の結婚に自由がないことを理解していた柚にとって、政略結婚は決して避けては通れぬものだった。

「柚たちのことで、無関係の紗和を悩ませてしまってすまぬの」

「柚様が謝ることなどありません！　私が、勝手に悩んでいるだけで……。私はただ、柚様と翠さんには笑っていてほしいから、そのためにはどうすればいいか――」

と、紗和が言いかけたとき、

「紗和しゃまっ！　本日最後のお客しゃまが、ご到着されました！」

ぽんっ！　という軽快な破裂音を立てて、小さな男の子が現れた。

「小栗くん！」

小栗と呼ばれた手のひらサイズの童の頭には、一本の小さな角が。そして、尾骨付近からは、ふわふわの狐の尻尾が生えていた。

「今は、ロビーでお待ちいただいておりましゅ！」

「小栗くん、知らせてくれてありがとう」

「お礼はいらないのでしゅ！　紗和しゃまのお役に立つのが、僕の使命でしゅからね！」

えへん！　と胸を張った小栗が空中で宙返りをすると、着ている狩衣の裾が、ふわりと揺れた。

小栗はもともと、静岡に住む紗和をストーカー……いや、見守るために、常盤が遣わせた式神だった。

しかし、現在は紗和の側仕えとして、紗和の仕事や生活のサポートをしている。

普段は姿を消しているが、紗和が呼べば、いつでもどこでも現れてくれるのだ。

(今は、お客様が到着したら知らせてほしいって、お願いしてあったんだよね)

「もしまたご用があれば、お呼びくださしゃいね！」

役目を終えた小栗は、ふたたび、ぽんっ！　と軽快な音を立てて消えた。

「柚様、急いでお客様をお迎えに行きましょう」

そうして、紗和と柚は早足で吾妻亭のロビーに向かった。

ところがロビーに着くなり、ふたりは驚いて目を見張った。

「え……翠さん？」

そこには紗和たちがお迎えする予定の〝唐笠の老夫婦〟だけでなく、男性用の仲居着を着た翠がいたのだ。

「ちょうど、これからおふたりをお部屋までご案内するところです」

そう言う翠の手には、唐笠の老夫婦の荷物が持たれていた。

（もしかして、花板の仙宗さんが気を使って、こちらに人員を回してくれたのかな？）

「翠さん、ありがとうございます」

紗和は、翠を見てほほ笑んだ。

すると翠は一瞬だけ柚に目を向けてから、「いいえ」と答えて首を横に振った。

柚はといえば、少しだけ居心地が悪そうにして、翠から目をそらした。

柚は仲居をやることを、翠に伝えていなかったのだ。

紗和はふたりの空気が気になったが、今はお客様のことが最優先だ。

「本日は吾妻亭にお越しくださり、誠にありがとうございます」

気を取り直した紗和は、唐笠の老夫婦に向き合って頭を下げた。

老夫婦の夫の名は雨路、妻の名は晴子といった。

「こちらこそ、どうぞよろしくお願いいたします」

そう言ってほほ笑んだ雨路と晴子は、鮮やかな韓紅色のオーラをまとっていた。

見た目は物柔らかそうな夫婦だが、内には深い愛と情熱を秘めているのかもしれない。

（手を繋いでいるし、すごく仲良しなんだろうな）

自然と紗和の顔がほころんだ。

「宿泊中になにかございましたら、私どもにいつでもお声がけくださいませ」

紗和は本日、そんなふたりの部屋担当になっている。

しかし、せっかく翠が来てくれたのだから、この場は一旦、翠に任せたほうがいいだろう。

紗和は一歩下がって、もう一度頭を下げた。

紗和の隣にいた柚も、紗和にならって道をあけた。

「あら、あなたは、もしかして人かしら？」

と、ふたりを目で追っていた晴子が、口を開いた。

「はい。今はわけあって、こちらでお世話になっております」

「そうなのね。それで、こちらの仲居さんは……。以前にも、お会いしたことがあったかしら？」

晴子は、まじまじと柚を見た。

今度こそ、柚が白蛇(しろへび)令嬢であることがバレたかもしれない！

紗和は一瞬肝を冷やしたが、

「こちらの仲居は最近入ったばかりですので、気のせいではないでしょうか」

すかさずフォローに入った翠が、さりげなく柚を背中に隠した。

「新人さんだったのね。じゃあ、お会いするのは初めてよね。変なことを言って、ごめんなさい」

今回も、どうにかやり過ごすことができたようだ。

紗和は心の中で、ホッと息を吐いた。

「では、お部屋にご案内させていただきます」

翠がふたりを連れて、その場を去ろうとする。

ところが、今度は夫の雨路が、言い難そうに口を開いた。

「すみません。着いて早々、このようなことをお願いするのは気が引けるのですが……。部屋に荷物を置いたあと、我々の鎌倉観光にお付き合いいただけないでしょうか」

「鎌倉観光に？」

話を聞くところによると、ふたりは今日、鎌倉観光をしてから吾妻亭に来る予定だったらしい。

しかし、ふたりの予想以上に鎌倉の街は繁盛していた。

人ごみに弱い晴子は人に酔ってしまって、満足に観光ができなかったということだ。

「私どもは、見ての通り老いております。できれば、人ごみを避けた場所に案内していただけたら有り難いのですが」

雨路の希望を聞いた紗和は、顎に手を添えて考えた。

（つまり、なるべく静かな場所に行きたいってことだよね）

と、なにかを思いついたらしい柚が素早く手を挙げた。

「ならば、先日行った茶屋などどうだろうか！」

「茶屋？　一之進さんが働いているカフェですか？」

紗和が確認すると、柚は力強く頷いた。

「でも、今の時間だと、カフェはちょうどティータイムで混んでいるかもしれません」

「そ、そうか。混んでいたら、また人酔いさせてしまうかもしれないのぅ」

柚がガクッと肩を落とす。

柚はふたりに、自分が感動したパンケーキを食べさせてあげたいと思ったのだ。

「それなら、そこで軽食をテイクアウトして、海辺で食べるのはどうでしょうか」

次に発言したのは翠だった。

翠は、どうにかして柚の気持ちを汲みたかったのだろう。

「すごく素敵な案だと思います」

「では、早速手配を――……」

「でも、待ってください。今の時期、海こそ人で賑わっていると思います。それに、三時間後にはご夕食のお時間になりますし、今から軽食を取るのはおすすめできません」

あやかしなので実年齢は不明だが、雨路と晴子の見た目はご高齢だ。

雨路本人も、自分たちは老いていると言っていた。

軽食を取ってすぐに豪華なご夕食というのは、やはり現実的ではないだろう。

「たしかに紗和さんの仰(おっしゃ)る通りですね。無謀な提案をしてしまい、申し訳ありません」

翠も同じことを考えたようだ。

珍しく眉根を寄せた翠を、柚は静かに見つめていた。

「いえいえ、一緒に考えていただけて、心強いです！」

紗和の言葉に、雨路と晴子も頷いている。

（うーん。とはいったものの、どうしよう。どこか、ふたりがゆったりとした時間を楽しめる場所があればいいんだけど）

紗和は考えながら、あらためてふたりに目を向けた。

ふたりがまとう色は、やっぱり綺麗な韓紅(からくれない)色だ。

視(み)ているだけで胸が熱くなる。青空の下に立てば、さらにその色はよく映えることだろう。

「あっ、そうだ……！」

と、しばらく考え込んでいた紗和は、あることをひらめいて声を上げた。

その場にいる全員の視線が紗和に向く。

小さく深呼吸した紗和は、ゆっくりと口を開いた。

「百日紅はどうですか？」

「百日紅？」

「はい。今夏は早くから猛暑が続いたこともあって、今、鎌倉のいくつかの寺院では、百日紅が見ごろを迎えているんです」

そう言うと紗和は、瞳をキラキラと輝かせた。

雨路と晴子がまとう、綺麗な韓紅色からインスピレーションを受けた案だ。

百日紅も、ふたりがまとう色と同じ、とても綺麗な紅の花を咲かせる。

（花めぐりっていうのも、なんとなく、ふたりのイメージにも合っているような気がしたんだけど）

「百日紅、いいですね」

笑顔で頷いたのは、晴子だった。

「海沿いや、鎌倉の中心街に比べれば、人ごみも幾分落ち着いているかもしれないなぁ」

「鎌倉の寺院の清閑な空気に触れながら、百日紅の花の美しさに癒される……ああ、すごく素敵ね」

ふたりとも、紗和の案が気に入ったようだ。

紗和は心の中でガッツポーズして、笑みを浮かべた。

「では、お部屋に荷物を置いたら、早速出かけましょう」

「紗和、待つのじゃ」

ところが、意気込む紗和に、今度は柚が待ったをかけた。

「今、我々が吾妻亭を出て、仕事はつつがなく回るのか？」

「あ……」

言われてみれば、そうだ。

今日は人手不足で、紗和たちが抜けると、業務に支障が出るかもしれない。

（ど、どうしよう）

雨路と晴子は、顔色を青くした紗和を不思議そうに見ていた。

（こちらの事情をふたりに話して、百日紅（さるすべり）が咲く寺院には、ふたりだけで行ってもらうとか？）

けれど、ふたりは紗和たちに鎌倉観光に付き合ってほしいと言った。

私たちは忙しいから、ふたりだけで行ってきてくださいと突き放すのは、仕事を放棄するのと同じことだ。

雨路と晴子には鎌倉で、素敵な旅の思い出を作ってほしい。

『大事なのは、こちらの事情をお客様に悟られず、いかに最大限のおもてなしをするか考えることだ』

そのとき、紗和の脳裏に、阿波の言葉が蘇った。

お客様にとっては、人手不足なんて関係ない。

人数が足りていようが足りてなかろうが、紗和たちは最大限のおもてなしを提供しなければならない。

「――お待たせして申し訳ありません。お荷物をお部屋に置いたら、早速百日紅を見に出かけましょう」

覚悟を決めた紗和は笑顔でそう言うと、言葉を続けた。

「さ、紗和、どういうことじゃ？」

柚と翠は戸惑っている。

そんなふたりに紗和は目配せをすると、「大丈夫です」と囁いた。

「大丈夫とは、どういう意味じゃ」

「時間がないので、寺院に着いてから説明しますね。翠さんと柚様は、一旦、おふたりをお部屋に案内してきてください。そして準備ができたら、おふたりとロビーで待っていてくれますか。私も、すぐに戻ってきますので」

紗和の指示を受けた柚と翠は、一瞬ポカンとしたあと、おそるおそる頷いた。

そして、指示された通りに動き出した。

ひとりになった紗和はといえば、阿波と稲女、そして小牧のもとへと急いで向かった。


「まぁ、なんて綺麗なんでしょう」

静寂に包まれた石畳が陽光を反射する。

夏風が木々の緑を揺らし、歴史ある建物の輪郭を優しく撫でた。

吾妻亭を出た面々は、今、鎌倉にある、とある寺院を訪れていた。

「幹の形は神々しく、花の美しさは可憐かつ情熱的だ。本当に、見事なものですなぁ」

そう言う雨路は、寺院内にある、百日紅（さるすべり）のそばに立っていた。

青空を仰ぐように枝を広げた百日紅（さるすべり）は、力強さと儚さを併せ持つ。花は深い紅（くれない）色が魅力的に咲き誇り、美しい姿を見せていた。

その繊細な花びらは、季節の移ろいと優雅さを感じさせる。

「紗和。どうして柚たちはこうして出てこられたのか、そろそろ説明してくれ」

百日紅（さるすべり）に目を奪われている雨路たちからやや離れて、柚が紗和にこっそり尋ねた。

そのすぐ後ろには、同行した翠もいる。

「私は、阿波さんに言われた、〝どんな状況でも最大限のおもてなしをする〟って言葉を思い出して、行動しただけなんです」

そう言うと紗和は、小さく笑った。

柚と翠は、まだ意味がわからないという表情を浮かべていた。

「私が今一番考えなきゃいけないのは、仕事をつつがなくこなす方法じゃない。どうすれば、目の前にいるお客様に喜んでいただけるか考えて、行動に移すことなんだ——って」

簡単なことだったのだ。

紗和は今、目の前にいるお客様、雨路と晴子の希望を叶えるためには、どうすればいいかを考えた。

そして考えた末、紗和は柚たちに指示を出して一旦別れ、阿波、稲女、小牧のもとへと向かった。

『私はこれからお客様を鎌倉観光にお連れするので、その間、他のお客様へのフォローをお願いできませんか？』

三人に会うなりそう言うと、紗和は深々と頭を下げた。

無理を言っていることは、百も承知だった。

けれど、紗和から事情を聞いた三人は、怒るどころか満足げな笑みを浮かべたのだ。

『紗和もようやく、この仕事の真髄(しんずい)がわかってきたようだねぇ』

『まったく、しょうがないわね。まぁ、アタシがいればどうにでもなるから、こっちのことは気にせず行ってきなさい』

『紗和さんが不在の間は、自分もできる限り阿波さんと稲女さんと連携を取ります』

『こんなときに限って、常盤様は会合で不在なんてタイミング悪いわよねぇ』

『会合から帰ってきたら、常盤様もこき使えばいいさ』

『名案ですね、そうしましょう』

そんな会話をしたあと、最後に阿波が紗和に念を押すように言ったのだ。

『紗和、せっかくだから、柚様と翠さんも一緒に連れていきな。あのふたりも、あんたが担当してるお客様なんだから。お客様を働かせてばかりなんて、ブラック宿屋だって言われてしまうよ』

「……ふふっ」

三人とのやり取りを思い出した紗和は、思い出し笑いをしてしまった。

「紗和、どうしたのじゃ？」

「いえ、なんでもありません。とにかく私は、〝目の前にいるお客様をおもてなしすること〟に、集中させてもらう許可を取ってきただけです」

紗和の話を聞いた柚と翠は、腑に落ちない様子で首をひねった。

ふたりはきっと、〝目の前にいるお客様〟の中に、自分たちが含まれていることには気が付いていないだろう。

(でも、それでいいんだ)

自分たちは今、おもてなしをされているなんてことがわかったら、柚と翠は遠慮してしまうはずだから。

「せっかく、こうして鎌倉観光をしているんですから。柚様と翠さんも、楽しみましょう」

紗和に明るく促されたふたりは、互いに顔を見合わせた。

けれどすぐに視線をそらすと、それぞれ百日紅(さるすべり)のそばまで歩を進めた。

穏やかな光景は、時間の流れが止まったように錯覚させる。

「おふたりは、どのようなご縁で結ばれたのですか?」

と、しばらくして、柚が不意に、雨路と晴子に問いかけた。

百日紅(さるすべり)を眺めていたふたりは目を丸くして、ほぼ同時に柚のほうへと振り向いた。

「突然、不躾なことを聞いてしまい、申し訳ありません。おふたりは……とても仲睦まじいご夫婦のようなので、学ばせていただけたらと思いまして」

そう言った柚の目は、固く繋がれているふたりの手に向けられていた。

ふたりは、吾妻亭に来るときにも手を繋いでいた。

出かけるときには、そうすることが自然になっているのだろう。

「ふふっ。学ばせていただきたいなんて言われると、なんだか恥ずかしいわねぇ」

頬を赤らめた晴子が、雨路を見上げてつぶやいた。

「実は、私たちの結婚は、親が勝手に決めたものだったんですよ」

「え？」

「僕らの意思など完全無視で、さっさと話を進めてしまったんです。お互いの家の力を守るため、強制的にね」

そう言うと、ふたりは困ったようにほほ笑んだ。

雨路と晴子は、結婚が決まってから初めて互いの顔を知ったという。

相手の好きなものに、嫌いなもの。趣味趣向どころか、声すら知らぬまま、結婚した。

そう――ふたりは、政略結婚させられたのだ。

（柚様がこれからする結婚と、ふたりの事情は同じってこと？）

「家のための結婚だと言われたら、断れなくて。でも、当時の私たちはまだ若かったから、表面上は納得したように見せても、心には反発心を抱えていたの」

「そ、そこからどうやって、今に至る関係を築き上げたのじゃ？」

柚が前のめりになって尋ねた。今、自分は吾妻亭の仲居であるということも忘れている様子だ。

「僕らの場合は、その反発心が糸口になったんだよ」

「反発心が糸口に？」

「ああ。同じ苦しみを共有できる唯一の相手が、僕にとっては彼女で、彼女にとっては僕だったというわけさ」

「だから私たちは夫婦というより、戦友といったほうが正しいのかもしれないわ」

夫婦ではなく、戦友――

苦しみを共有し、ふたりは互いを慰め、励まし合いながら歩き続けてきた。

「私は、どんなときも私の一番の味方でいてくれた雨路さんを心から信頼しているし、私自身も、これからも雨路さんの一番の味方でいたいと思っているの」

ふたりは、顔に刻まれたシワを深くして、楽しそうに笑った。

その笑顔はまさに幸せそのもので、話を聞いていた紗和の心も熱くなった。

「あなたもどうか、あなたの最高の味方と幸せになってね」

「最高の味方と――……」

ぽつりとつぶやいた柚の目は、自然と翠に向けられた。

視線に気づいた翠の目も、隣にいる柚へと向けられる。

見つめ合っているふたりが、今、なにを思うのか。

一歩下がった場所にいる紗和にはわからなかったが、紗和の目に映るふたりは雨路と晴子と同じ〝戦友〟に見えた。

「ありがとう。皆さんのおかげで、とても素敵な時間になりました」

無事に目的を達成した紗和たちは、予定よりも随分早く吾妻亭に帰ってきた。

「あと一時間ほどしたら、お夕食の時間になります。ご準備ができ次第、お部屋にお伺いしますね」

頭を下げた紗和に、雨路は「よろしくお願いします」と笑顔で答えた。

「それじゃあ、僕らは部屋に戻って、夕食の時間までゆっくりさせてもらおうか」

「ええ。皆さん、本当にどうもありがとう。では、のちほどまた――……」

ところが、回れ右をしようとした晴子が突然、ハッとして動きを止めた。

「どうかされましたか？」

不思議に思った紗和が尋ねると、晴子は焦った様子で自身の髪に手を添えた。

「や、やっぱり、ない……」

「ない？」

「雨路さんからいただいた髪飾りが、なくなってる！」

そう言うと晴子は、手をせわしなく動かして、自身の髪を確認した。

「今、なんとなく髪に違和感があって、嫌な予感がしたの」

晴子がなくしたのは、美しい蝶を模した、本べっ甲の髪飾りだった。

五センチに満たない大きさのものだ。

鎌倉観光のために吾妻亭を出たときには、たしかに晴子の髪についていた。

「お寺で落としたのかしら……」

「でしたら、私が今から捜してきます！」

まだ日が落ちるまでには時間がある。紗和はすぐに寺院に戻ろうとした。

しかし、回れ右をした瞬間、

「ああ、ちょっと、そこの仲居さん！　部屋の備品について聞きたいことがあるんだけどいいかな」

タイミング悪く他のお客様に呼び止められてしまった。

「は、はい。備品とは、どういったものでしょうか」

「二ヶ月前に泊まりに来たときと、ちょっと変わってるものがあってさぁ。確認してほしいから、実際に部屋まで見に来てもらえないかな」

二ヶ月前は、まだ、柚と翠は吾妻亭に来ていない。

ということは、このお客様の対応をふたりに任せるのは難しい。

（そもそも、ふたりは正式な従業員じゃない、お客様だし。ああ、でも本当は、今すぐ髪飾りを捜しに行きたい！）

だけど声をかけてきた方も、大切なお客様だ。ないがしろにはできない。

「晴子様、大変申し訳ありません。髪飾りは必ず捜しますので、少々お時間をいただけますか？」

紗和はもどかしさを押し込めて、頭を下げた。

すると晴子の隣にいた雨路が、落ち込む晴子の肩をポンと叩いた。

「もういいじゃないか。あれは随分前にあげたものだし、十分役目を果たしたよ」

「雨路さん……」

「明日また、今回の旅の思い出として、新しい髪飾りを買ってプレゼントするから。だから、落としたもののことは、もう忘れよう」

雨路が説得すると、晴子は「そうね……」とつぶやき、ため息をついた。

「紗和さん、ごめんなさい。そういうわけだから、どうかもうお気になさらないで」

「でも――」

「ちょっと、早くしてくれますか？　部屋の備品の件、確認してくれるんでしょう？」

別のお客様に急かされて、紗和は内心焦っていた。

雨路と晴子は気にしなくていいと言うが、どうしても気になってしまう。

（とはいえ、今すぐ捜しには行けないし）

と、紗和が右往左往していたら、

「それなら、私が捜してきます」

不意に凛とした声が、耳に届いた。

反射的に振り向いた紗和の視線の先にいたのは、翠だった。

「す、翠さん？」

「紗和さんは、こちらのお客様の対応をしてください。柚様は、雨路様と晴子様のご案内を。私は寺院に行ってきます」

「え、ちょっと待って、翠さん――……」

出かける前の紗和のように、テキパキと指示をした翠は、紗和が止める間もなく吾妻亭を出ていってしまった。

紗和と柚は唖然として固まり、互いに顔を見合わせた。

（ど、どうしよう！）

翠に任せてよかったのだろうか。いや、いいはずがない。

翠はすっかり吾妻亭になじんでいるが、本当はお客様だ。

「どうしよう、もう一度、阿波さんたちに相談に――……」

「紗和、待て」

パニックになりかけた紗和を、冷静な声で止めたのは柚だった。

「ここは、翠に任せてみてはくれないか。いや、翠を信じて頼ってくれ」

そう言うと柚は、力強い目を紗和に向けた。

「我らは我らの仕事をしよう。翠なら、大丈夫だ」

柚の言葉には不思議な説得力があった。気が付くと、自然と紗和の肩から力が抜けていた。

紗和たちは、紗和たちの仕事をする。ここは潔く、髪飾り捜しは翠に任せよう。

「お、お待たせしてしまい、申し訳ありません。お部屋に移動しましょうか」

深呼吸した紗和は、前を向いた。

そして玄関に背を向けると、お客様と一緒にロビーをあとにした。


「翠さん、戻ってきましたか⁉」

翠が落とし物を捜しに出かけてから、早二時間が経過した。

仕事に一区切りをつけた紗和は、状況を確認するためにロビーを訪れた。

「まだ、戻ってきておりません」

ロビーには、この時間はフロント係を務めている小牧、そして先ほど会合から帰ってきて事情を知った常盤がいた。

「マズいことに、雨が降ってきてしまったな」

「あ、雨⁉」

常盤が吾妻亭に帰ってきてすぐに、現世では雨が降り出した。

翠は当然、傘など持って出ていない。

その上、いくら季節は夏で日が長いとはいえ、外はすっかり暗くなっていた。

「やっぱり、小栗くんにお願いして、翠さんと一緒に髪飾りを捜してもらうべきでしょうか⁉」

「しかし、小栗は髪飾りがどんなものかを知らないのだろう？」

「それに柚様が、翠さんを信じてほしいと仰ったのなら、手出し無用という意味にも捉えられます」

常盤と小牧はそう言うと、悩ましげに眉根を寄せた。

もどかしさと心配が頂点に達した紗和は、胸の前で手を握りしめた。

こうして悩んでいる間にも、雨は強くなるばかりだ。

「じゃ、じゃあ、捜すのは無理でも、小栗くんに傘を届けてもらいましょう！　小栗く――……」

と、紗和が式神の小栗を呼び出そうとしたら、

「紗和、翠はまだ戻らぬか？」

柚が雨路と晴子とともに、ロビーにやってきた。

「柚様……。それに、雨路様と晴子様も」

「髪飾りを捜しに行ってくれた、男性の仲居さんのことが気になりましてな」

「もしかして、まだ戻られていないのですか？」

雨路と晴子は翠のことが気になり、夕食の時間を遅らせて待っていた。

「おふたりの気を煩わせてしまい、申し訳ありません。戻りましたらすぐにご報告に伺いますので、ご夕食をお召し上がりください」

常盤がすぐに頭を下げたが、雨路と晴子の表情は晴れない。

「ゆ、柚様？」

と、重い空気の中、柚がおもむろに一歩前に踏み出した。

そのまま柚は、玄関まで歩を進める。

紗和は、柚が翠のもとへ行こうとしているのだと思い、あわててあとを追いかけた。

「柚様！」

紗和は、柚を呼び止めた。

しかし柚は、紗和に呼び止められる寸前に、上がり框(かまち)の前で立ち止まった。

「……翠が来る」

「え？」

次の瞬間、雨を裂いて、儚げな薄紫色が近づいてくるのが見えた。

「翠さん……っ！」

紗和は反射的に叫んだ。

たった今、柚がつぶやいた通り、本当に翠が戻ってきたのだ。

「遅くなって申し訳ありません！」

戻ってきた翠は、案の定、全身雨に濡れていた。

床を濡らしてしまうと思ったのだろう。ロビーには上がらず、玄関先に立ったまま、懐から折りたたまれたハンカチを取り出した。

「晴子様が落とされた髪飾りは、こちらで間違いないでしょうか」

翠がハンカチを開くと、そこには蝶を模した本べっ甲の髪飾りがあった。

「ええ、そう！　私の髪飾りだわ！」

すぐに玄関までやってきた晴子が確認して、翠の手から髪飾りを受け取った。

蝶の髪飾りには汚れひとつついておらず、美しいままだった。

「見つけてすぐに土を払い、状態維持の妖術を使いました。そのため、雨には濡れていないはずです」

「状態維持？　では、雨に濡れぬように自分に妖術をかけることもできたのではないの？」

「私は妖力が弱いため、一度に複数のものには妖術を使うことができないのです」

そう言うと翠は、頬を伝い落ちた雨の雫をぬぐった。

状態維持の妖術と聞いて、紗和が思い出すのは翠が作ってくれた朝ごはんのことだった。

あのときは料理がのった膳、全体に状態維持の妖術がかけられていた。であれば、今回も翠は〝自分全体〟に、状態維持の妖術をかければよかったのだ。そうして懐に髪飾りをしまえば、髪飾りも翠自身も濡れずに守られたはず。

でも翠は、晴子の髪飾りを濡らさずに守り、無事に届けることで頭がいっぱいだったのだろう。

（翠さんらしいといえば、翠さんらしいよね）

紗和がチラリと柚を見て様子を窺うと、柚も同じことを思っていたのか、呆れたような笑みを浮かべていた。

「本当に、本当にありがとう……。見つかって、本当によかった……」

晴子は翠から受け取った髪飾りを大事そうに両手で包み込んだあと、あらためて翠に目を向けた。

「見つけてくださって、本当にありがとうございました。自分が落としたのだから、戻ってこなくても仕方がない、諦めようと思っていたけれど、大切なものだから戻ってきて本当に嬉しいわ……」

そう言った晴子の目には、涙が滲んでいた。

よくよく聞けば、その髪飾りは、雨路から晴子への初めての贈り物だったという。ふたりがともに歩み続けてきた証明ともなる、思い出深い品だったのだ。

「僕からもお礼を言わせてください。本当に、ありがとうございました」

ふたりから頭を下げられた翠は、珍しく対応に困った様子で狼狽えた。

「い、いえ……。私はただ、自分が柚様からいただいたものを落としたら、と考えたときに、どうしても他人事とは思えなかっただけなのです」

「翠……」

翠の言葉を聞いた柚は、翠の名前を口にしたあと、唇をキュッと噛みしめた。

大きな瞳には翠だけが映されている。

翠を見る柚の目は真っすぐで、温かかった。

「柚は、翠のことを誇らしく思う。思いやり深い翠ならば——この先、どこへ行っても、うまくやっていけるはずじゃ」

けれど柚はそう言うと、小さく笑って、翠からそっと目をそらした。

その表情は、やっぱりどこか寂しげだ。

柚を目で追いかけていた紗和の胸は、切なく痛んだ。

どうしても今、柚が無理をして笑っているようにしか見えない。

なぜ、柚はこんなにも寂しげに笑うのだろう。

（もしかして、柚様は、本当は翠さんのこと――……）

そこまで考えた紗和は、太ももの横で握りしめた拳に力を込めた。

ただの勘違いかもしれない。見当外れな推測の可能性もある。

それでも紗和は、今、自分が考えていることは間違っていないような気がした。

なぜなら、翠を見る柚の目は――紗和を見る常盤の目とよく似ていたからだ。

「……ありがとうございます」

柚の言葉に、翠が応えて頭を下げる。

我に返った紗和が翠に目を向けると、翠も柚と同じ、寂しげな表情を浮かべていた。

「雨が、強くなってきたな」

ぽつりと言った常盤にならって外を見ると、空が泣いているような雨が降っていた。

その雨音よりも強く、紗和の心臓は鳴り続けている。

（お互いを大切に思い合っているふたり。でも、それが主人と付き人としてだけではなく、まだふたり自身も気づいていない感情があるのだとしたら？）

「では、お部屋に戻りましょう。翠さんは、今、着替えなどを用意させますので、少しだけお待ちください」

小牧の言葉で、その場にいる全員が歩き出した。

けれど紗和だけは、しばらくそのまま動けなかった。

四泊目　ぼんぼり祭りと夏の思い出

「はぁ……」

唐笠(からかさ)夫婦の雨路と晴子が吾妻亭を訪れた日から、一週間が経った。

早いもので、八月も四分の一が終わろうとしている。

強い日差しを浴びながら玄関の掃き掃除をしていた紗和は、今日も今日とて柚と翠のことを考えていた。

（結局、その後もふたりの関係に、特別な変化はないけれど）

紗和はこれまで、柚と翠は主人と付き人として互いを信頼し、思い合っているのだと思っていた。

しかし雨路と晴子との鎌倉観光をきっかけに、気づいてしまった。

実は、ふたりはお互いのことが〝好き〟なのではないか、と――

〝好き〟とは、もちろん恋愛感情的な意味でだ。

だけどふたりは、主従関係の期間が長くて、自身に芽生えた恋心に気づいていない。

（いや、妄想が激しすぎでは？　って言われたらそれまでだし、そうだったらいいなっていう私の願望も入ってるけど……）

ムムムと唸った紗和は、今日何度目かもわからないため息をついた。

求愛のため、人目を憚らずに鳴く蝉たちが、今は清々しく感じられる。

「俺の愛しい花嫁殿は、今日はなにを悩んでいるんだ？」

と、そこへ大きな蝉――いや、紗和に求愛一二〇パーセントの常盤がやってきた。

白藍色の着流しを身にまとった常盤は、相変わらず目が眩むほどの色男だ。

「たぶん、常盤に話しても理解してもらえないかも」

「紗和が言うことなら、理解する努力をするさ」

さらりと言った常盤は、日差しを背にして紗和を自身の影の中に入れた。

指一本触れられていないのに、常盤に抱きしめられたような錯覚に陥る。

常盤からは、心が落ち着く香りがした。

気恥ずかしくなった紗和は、汗ばむ額を隠すように顔を背けた。

「……常盤って、ズルいよね」

「紗和の心を得るためなら手段は選ばない、という点においては否定できないな」

コテンと首を傾げた常盤は、悪戯な笑みを浮かべている。

最近気がついたのだが、紗和は常盤のその表情が存外嫌いではない。

「あのふたりも、常盤くらいわかりやすければいいのに」

「あのふたりとは、柚様と翠殿のことかな？」

常盤が間髪入れずに答えたことに驚いて、紗和はそらしたばかりの視線を戻した。

「もしかして常盤は、ふたりの本当の気持ちに気づいていたの？」

「柚様については確証がないが、翠殿についてはそうだろうと思っていた」

「どうして？」

「紗和の寝所にいて顔色ひとつ変えない男の存在など、その男に別の想い人がいるということ以外の説明がつかないからな。では、その想い人は誰なのかと考えたときに、腑に落ちるのが柚様だったというだけだ」

そう言うと常盤は、呆れたように息を吐いた。

言っていることは見当外れな妄想に思えるが、妙な説得力がある。

「もしも紗和が、柚様も翠殿のことを好いていると思うのなら、そうなのだろう」

「なんでそこまで言い切れるの……？」

「俺は紗和が白だといえば白だと思うし、黒だといえば黒だと思う。紗和の夫である俺は、紗和の一番の味方だからな」

またさらりと断言した常盤を前に、紗和は目を見開いて固まった。

常盤は紗和を見て、幸せそうにほほ笑んでいる。

（……ああ、もう）

思わず肩から力が抜けて、紗和の顔もほころんだ。

――常盤は、紗和の一番の味方。

ひとりじゃないと思えることが、こんなにも心強いことなのだと、初めて知った。

「やっぱり、常盤はズルいね」

「ん？」

「でも、今、すごく常盤をギュッてしたい気分かも」

そう言うと紗和は、常盤の返事を待つことなく、常盤の背中に手を回した。

「常盤。いつも私の味方でいてくれて、ありがとう」

胸元に頬を寄せると、心落ち着く香りが濃くなった。

温かい。今は不思議と、蝉の声も遠くに聞こえる。

「い、いや……。ここで不意打ち……？」

一転、対する常盤はといえば、紗和が滅多に見せないデレに狼狽えた。

抱きしめ返せばいいものを、どこに手を置くべきかわからなくなり、ホールドアップ状態のまま固まってしまった。

「あっ、そうだ！」

そして結局、紗和が顔を上げるまで、なにもできなかった。

「じゃあ、常盤が前に言ってた簡単な解決策って、翠さんが気持ちを自覚すること⁉」

ひらめいた紗和は、前のめりになって尋ねた。

常盤は必死に平静を装いながら「コホン」と咳払いをすると、

「ああ、そうだ」

と答えて、上げていた両手を紗和の肩に置いた。

「翠殿は、俺と同じ邪血妖だ。柚様への恋心を自覚すれば、強大な妖力が覚醒するはずだ」

そう、紗和に恋をして妖力が覚醒した、常盤と同じように――

「そうなれば、純血妖たちに気後れすることもなくなるだろう。翠殿の性格的に開き直るのは難しいかもしれないが、今より自信は持てるようになるはずだ」

これについては、経験者の常盤が言うのだから間違いない。

(そっか。それなら翠さんに、自分は柚様に恋してるって自覚させればいいんだ！)

「あ……。でも、柚様は夏が終わったら、親が決めた相手と結婚しなきゃいけないんだよね？」

その事実があるのに、翠に恋心を自覚させるというのは、無情すぎるのではないだろうか。

「自覚がないとはいえ、愛する人が他の者に嫁ぐのをおめおめと見送るなど……。俺なら絶望を通り越して、気が狂うな。つまり、恋心を自覚しなかった場合の翠殿に待ち受けるのは、ただの地獄だ」

「で、でも、好きだからこそ、相手の幸せを願って自分は身を引くっていうのも愛じゃない？」

「紗和の言いたいことはわかる。だが、肝心の柚様の結婚相手は、どんな男だ？」

「……‼」

常盤の問いに、紗和は夢から覚めたように目を大きく見開いた。

そう、そうだった。

柚は聡明で、気高くて、思いやりにあふれた優しい女の子。

しかし、そんな柚の、肝心の結婚相手はといえば――

「〝自他ともに認める差別主義者の純血妖〟だったか。そんな男と結婚して、柚様は本当に幸せになれると思うか？」

紗和は頬をパチンと強く打たれた気分になった。

もちろん、柚の結婚相手の前評判が間違っていて、本当はすごくいいあやかしである可能性もゼロではない。

だけど、今の話は柚自身が語っていたことだ。

あの柚がなんの確証もなく、他人を――それも結婚相手のことを、聞いた相手が悪く捉えるような言い方をするだろうか。

「たしかに常盤の言う通り――って、ちょっと待って」

「うん？」

「その話をしたとき、私は柚様とふたりきりだったはずだけど、どうして常盤が知ってるの？」

紗和の鋭い指摘に、常盤の肩がぎくりと跳ねた。

「い、一之進のカフェに行ったとき、柚様が話してくれたのを、俺も一緒に聞いていたじゃないか」

「たしかに、結婚のことを柚様が打ち明けてくれたのは一之進さんが働くカフェだったけど。でも、柚様が結婚相手のことを〝自他ともに認める差別主義者の純血妖〟とまで言ったのは、私が柚様とふたりで仲居の仕事をしたときだよ！」

完全に言い訳の手段をなくした常盤は、またホールドアップして紗和から目をそらした。

「どうやって話を聞いていたの？」

「そ、それは……。紗和と契約させた、式神（しきがみ）の小栗を通じて……デス」

「信じられない！　小栗くんって、もしかして常盤の盗聴器になってるの？」

「ち、違う！　ときどき……紗和と離れて外に仕事に出ているときなど、紗和は今、なにをしているのか気になるから……。それで、耳を澄ますと小栗を通じて紗和の声や周りの声が聞こえることが……あったり、なかったり……」

しどろもどろに答えた常盤は、背中を丸めて小さくなった。

「もうっ！　勝手に人の布団に入ってきて寝顔を盗み見るのもそうだけど、最っ低！　私にも守りたいプライベートがあるんだから！」

「あ、ああ、わかっている。本当に、すまなかった……。俺がすべて悪い、ごめんなさい」

「次にそういうことをしたら、小栗くんは常盤にお返しするからね」

と、紗和が凄みながら常盤に詰め寄ると、

「そ、それは嫌でしゅ～！」

ぽんっ！　という軽快な音とともに小栗が現れ、紗和にギュッと抱きついた。

「僕は常盤しゃまが作ってくれた式神(しきがみ)でしゅけど、紗和しゃまのことが大好きなので、これからも紗和しゃまのそばにいたいでしゅ～！」

小栗はわんわんと泣きながら、紗和に縋りついた。

胸が痛くなった紗和は小栗をギュッと抱きしめ返すと、小さな背中を優しく撫でた。

「小栗くん、ありがとう。酷いことを言っちゃって、ごめんね」

「ううっ。紗和しゃま、僕に怒ってないでしゅか？」

「もちろんだよ。悪いのは小栗くんじゃなくて、常盤だもん。私も、小栗くんのことが大好きだよ」

「なっ！　俺もまだ、紗和に大好きと言われたことがないのに……！」

常盤はわなわなと体を震わせた。

対する紗和は、常盤をキッ！　と睨みつけると、小栗を抱きしめる腕に力を込めた。

「もしもまた、小栗くんを通じて人のプライベートを盗聴したら、もう二度と常盤には〝大好き〟って言わないから」

紗和が言い捨てると、常盤は涙目になって肩を落としてうなだれた。

（もうっ。いろいろ見直したのに、損した気分）

紗和の一番の味方だと言われて、常盤となら雨路と晴子のような〝戦友〟になれるかもしれないと思った。

だが、紗和の考えは甘かったようだ。

本当に、先が思いやられる。

しかし、今は常盤に腹を立てている場合じゃない。

「柚様と翠さんのことを、真剣に考えなきゃ」

ぽつりとつぶやいた紗和は、小栗を抱いたまま考え込んだ。

柚と翠は主従関係だが、お互いに好き合っている。

だが、ふたりとも、自身に芽生える恋心を自覚していない状態だ。

もしかしたら、あえて気づかないようにしている可能性もある。

築き上げた信頼関係を壊さぬように――。お互い、自分の気持ちに蓋をしているとしたら？

（でも、このままだと柚様は、夏が終わったら親が決めた相手と結婚しちゃう）

その相手は慈悲深い柚とは真逆の、根っからの差別主義者な純血妖の男だ。

もちろん、結婚してからその男の考えが変わる可能性もあるが、これまでの柚の口ぶりから、その可能性は限りなく低いことが窺えた。

「やっぱり常盤の言う通り、そんな相手と結婚して柚様が幸せになれるとは思えない」

柚が幸せになるためなら、翠は喜んで身を引くだろう。

柚が幸せになるなら、紗和もそれは致し方なしと諦めたかもしれない。

けれど、柚が幸せになれる可能性が薄いと気づいた今は――なにもせずに柚を見送るなど、できるはずがなかった。

「常盤は、どうするべきだと思う？」

紗和は、思い切って常盤に尋ねた。

意気消沈していた常盤は、紗和に頼られたことで、どうにか息を吹き返した。

「やはり、鍵となるのは翠殿だろう」

つまり、まずは翠に恋心を自覚させるべきというわけだ。

柚はもともと純血妖なので関係ないが、翠は邪血妖なので、恋心を自覚することで強大な妖力が覚醒する。

そうなれば、それが現状を変える一手になるかもしれない。

今のままでは邪血妖の翠は、立場も力も純血妖である柚の結婚相手に敵わない。

しかし妖力が覚醒すれば、力だけでも逆転する可能性が高かった。

「武器がなにもない状態だと戦うのは難しいけれど、結婚相手よりも強い妖力を得られれば、翠さんの心持ちも変わるかもしれないよね！」

もちろん、政略結婚を阻止するのは簡単ではないだろう。

それでも打つ手があるうちは、積極的に行動あるのみだ。

「でも、どうすれば翠さんに、柚様への恋心を自覚させられるんだろう」

付き人としての翠の柚に対する想いは並ではなく、忠誠を誓うというより、崇拝していると言ったほうが正しい気がする。

では、崇拝している相手のことを、実は愛しているのだと気づかせるにはどうすればいい？

「そういえば、常盤はなにがきっかけで、私への恋心に気づいたの？」

参考になるかもしれないと考えた紗和は、何気なく常盤に尋ねた。

するとと常盤は驚いた顔をしたあと、なぜかバツが悪そうに目をそらした。

「あ……。ご、ごめんなさい。私……また、思い出せなくて」

空気が重くなったことを察した紗和は、釈明して俯いた。

紗和は、自分がデリカシーのないことを聞いてしまったと、反省したのだ。

五歳で結婚の約束をしてからというもの、常盤は約十七年にもわたって、紗和を一途に想い続けてくれていた。

ところが紗和は、常盤との思い出どころか存在自体を忘れてしまっていた。

それはもう、不自然なくらいに、常盤に関する一切の記憶を失っていた。

常盤は以前、それについて『仕方がないこと』だと言ってくれた。

五歳で両親を事故で亡くした紗和は、当時のことを思い出すのがつらくて、自己防衛のために記憶に蓋をしたのだろう、と──

(だけど常盤からすれば、忘れられていたことはショックで、悲しいに決まっているのに)

吾妻亭に来て、常盤との時間を過ごすうちに、常盤と出会った当時の断片的な記憶は思い出すことができた。

けれど肝心の結婚の約束をしたときのことは思い出せないままなのだ。

その他のことも、どうにか思い出そうとすると、額の中心にピリッとした痛みが走って、記憶の糸はたどれなくなってしまう。

「常盤、本当にごめんね。私、あなたに酷いことを――」

「いや、そうじゃない。紗和が悪いわけではないから、謝る必要はない」

と、ふたたび口を開いた常盤は紗和の言葉を遮ると、あらためて紗和と向き合った。

「俺が紗和への恋心を自覚したのは、幼い紗和と祭りに出かけた日のことだ」

「お祭り？」

「ああ。その祭りのときに、紗和は――迷子になったんだ。俺は、紗和を捜し回った。そして結果的に、紗和への恋心を自覚したというわけだ」

常盤のその説明は歯切れが悪い上に具体性に欠けていて、紗和はわずかに違和感を覚えた。

（なんだか、釈然としない感じ）

しかし、ここで聞き返したら、また常盤を悲しませることになるかもしれない。

「そうだったんだ。ごめんね、私……そのお祭りのことも、よく覚えていなくて」

そう言うと紗和は、違和感を打ち消すように曖昧に笑った。

「でも、小さいころに、ふたりでお祭りに行ってたんだね。きっと、すごく楽しかっただろうな」

言葉にしたことは本心だ。

まだ小さい常盤と、五歳の自分がお祭りを楽しむ姿は、思い出せなくても容易に想像ができる。

「う……っ」

そのときだ。不意に額の中心にピリッとした痛みを感じた紗和は、抱いていた小栗から手を放した。

「紗和っ、大丈夫か⁉」

「紗和しゃま、どこか痛いでしゅか⁉」

「う、ううん。大丈夫。いつもの頭痛みたいな感じだから」

常盤と小栗は心配そうに紗和を見ていたが、痛みはすぐに引いて消え去った。

紗和は確認するように額に指先で触れてみたが、やはりもう痛みはない。

「紗和、本当に平気なのか？」

「うん。心配かけてごめんね。それで、そうだ。翠さんに、どうすれば恋心を自覚させられるか、だったよね」

気を取り直した紗和は、そう言って笑顔を見せた。

同じ境遇の常盤のことなら参考になるかと思ったが、そう簡単にはいかなそうだ。

「紗和しゃまと常盤しゃまは、お祭りに行ったことがあって羨ましいでしゅ！　僕も紗和しゃまとお祭り行きたいでしゅ！」

と、一通りの話を聞いていた小栗が、不満げに頬を膨らませた。

「お祭りは、楽しいと聞いたことがありましゅ！　あと、おいしいものがたくさんあるんでしゅよね！」

「そうそう。小栗くんも、いつか一緒に行けたらいいよね」

慰めるように紗和が小栗の頭を撫でたら、

「祭りなら、今、鎌倉では〝有名な祭り〟が開催中だな」

常盤が思いもよらないことを口にした。

「有名なお祭り？　って、そうだ！　ぼんぼり祭りだ！」

今度は思い出せた紗和は、思わず声を弾ませた。

〝ぼんぼり祭り〟は、鎌倉の夏の風物詩だ。

例年、八月の立秋の前日から九日まで、古都鎌倉の中心にある鶴岡八幡宮で執り行われる。

「ぼんぼり祭りの開催期間中は、鎌倉にゆかりのある画家や文人など著名人が描いた書画がぼんぼりに仕立てられ、境内に飾られる」

その数は約四〇〇基で、見る者を感動させた。

さらに夕刻になるとぼんぼりには明かりが灯され、幻想的な景色を楽しむこともできる。

「今日、吾妻亭に宿泊予定のお客様も、ぼんぼり祭りに行くために来ている方が多いですもんね」

「ああ。おかげで今日も満室だが、明日なら紗和は仕事が休みなのではなかったか？」

紗和の休みを把握しているあたり、常盤は期待を裏切らない。

「じゃあ、もしかして少しだけでもお祭りに行けるでしゅか？」

「もしも紗和が行きたいなら、俺が案内するよ」

常盤には、仕事は大丈夫なのかと、あえて聞かない。

常盤は紗和と祭りに出かけるためなら、いつもの何倍もの速さで仕事を片付けるに決まっている。

（そうなれば、常盤の補佐をする小牧さんも助かるかも？）

「もしも本当に常盤が大丈夫なら、お祭りに一緒に――……」

と、そこまで言いかけた紗和は、〝あること〟をひらめいて言葉を止めた。

「紗和、どうした？　紗和がダメだと言っても、俺は紗和と一緒に行くぞ？」

「うんっ。そうだよ、そうしよう！　柚様と翠さんも誘って、一緒に行こう！」

突拍子もない紗和の提案に、常盤は目を見開いて固まった。

「つまりね、ダブルデートをするの」

「ダブルデート？」

「そう。それで、私たちで柚様と翠さんをいい感じの空気にして、翠さんに柚様への恋心を自覚させる作戦はどう⁉」

紗和は瞳をキラキラと輝かせた。

対する常盤はやや不満げな顔をしたものの、小栗を使っての盗聴がバレたあとだったので、余計なことは言わないように口を噤んだ。

「紗和しゃま〜！　僕もデートに入りたいでしゅ！」

「もちろん！　小栗くんも一緒に行こうね」

「そうなると、ダブルデートとは言わないのでは……？」

常盤は小声でツッコんだが、猛進中の紗和の耳には届かなかった。

「そうと決まれば、翠さんをドキドキさせる方法を考えなきゃ！」

その前に、ふたりをお祭りに誘うところからだが、それについてはどうにでもなる気がしている。

「柚様には鎌倉観光の一環にって言って、翠さんには柚様の思い出作りのためにって言えば、絶対に乗ってくるはず！」

「紗和しゃま、作戦名はどうしましゅか⁉」

すっかりノリ気になっている小栗が、紗和に尋ねた。

「作戦名……。そうだ！　〝かまくラブ♡キューピッド大作戦〟なんてどうかな⁉」

「いいでしゅね～！」

〝かまくラブ♡キューピッド大作戦〟

ビックリするくらいダサい――が、やはり余計な口出しはしまいと、常盤はほほ笑みながら目を閉じた。

「よしっ。作戦成功に向けて、力を合わせて頑張るぞ！」

「エイエイオー！　でしゅ！」

粉骨砕身。今度こそ忘れられぬ一日になるだろうと、紗和は密かに予感した。

＊　＊　＊

「柚様、最っっっ高に似合っていて、可愛いです！」

「そ、そうか？　紗和はいささか大袈裟じゃ」

「大袈裟なんかじゃありません！　本当に、今の柚様は、神がかってます！」

翌日、無事に柚を祭りに誘うことに成功した紗和は、鏡の前で感嘆した。

今、柚は紗和たちが用意した浴衣に着替え終えたところだ。

白い肌には、柚がまとう本紫色地の、古典和柄の浴衣がよく映える。

「柚様の凛とした雰囲気と、レトロモダンな浴衣がマッチして、誰が見ても大勝利です！」

紗和に絶賛された柚は、気恥ずかしそうに視線を落とした。

「髪については、このように優美に結い上げてもらうことは滅多にないので新鮮じゃ。稲女殿は、髪結いを生業にもできる腕前じゃな」

「柚様にそう言ってもらえて、稲女も喜びます！」

満面の笑みを浮かべた紗和は、心の中でガッツポーズした。

紗和と常盤と小栗――いや、紗和が主に企む、〝かまくラブ♡キューピッド大作戦〟。成功への道の第一ポイントが、柚に浴衣を着せることだった。

稲女を含む吾妻亭の従業員たちには、さすがにふたりの恋心については話していない。なので今回、従業員たちには申し訳ないが、『柚の夏の思い出作りに協力してほしい』とだけ説明していた。

(稲女さんは勘がいいから気づいていそうな雰囲気だったけど、なにも聞かずに上機嫌で応じてくれて、ほんとによかった)

作戦が無事に成功したら、稲女にはあらためて事情を説明して、お礼をしなければいけないだろう。

「柚のことを褒めてばかりいるが、紗和も白地に撫子柄の浴衣がよく似合っておるぞ」

　と、考え事をしていた紗和は不意打ちで褒められて、曖昧な笑みをこぼした。

「あ、ありがとうございます」

　実は本日、紗和も浴衣に着替えていた。柚にお祭りに浴衣で行くことを打診したら、『紗和も着るなら』と言われてしまったためだ。

（私が浴衣を着るのは予定にはなかったけど、これも作戦成功のためだし仕方ない）

　紗和の髪も、柚のついでに稲女がセットしてくれた。

　とにもかくにも、これで祭りに行く準備は万端。

「それじゃあ、ロビーに行きましょう！　翠さんたちが、待っていると思うので」

「あ、ああ。そうじゃな」

　翠の名前を出した途端、柚の頬がわずかに紅潮したのを、今の紗和は見逃さなかった。

　尊いとはこのことだ。両片思い、しかも自覚なし、純愛の最高峰に名を連ねる王道。

　ちなみに翠についても作戦通りにことは進み、一緒に祭りに行く了承を得ていた。

（翠さんのほうは常盤にお願いして、浴衣に着替えてもらって、すでにロビーで待っているはず）

　紗和は逸る気持ちを押し込めて、柚とともにロビーに向かった。

ロビーに着くと、予定通りに浴衣姿の翠がいて、紗和の高まりはピークに達した。

くるぞ——と、さらなる萌えに心を備える。

「待たせたの」

翠の前で足を止めた柚が、また気恥ずかしそうにつぶやいた。

すると、柚を呆然と見ていた翠が、ハッとしたあと視線を斜め下にそらした。

「いえ……問題ありません」

応えた翠の耳先には、まごうことなき甘い赤が差していた。

好きな子の浴衣姿に見惚れて照れる男子。嫌いな女子はこの世にいまい。

（アリガトウゴザイマス！）

心の中で合掌した紗和は、ふと視線を感じて斜め前を見た。

次の瞬間、紅く濡れた瞳と目が合って、ビクリと肩が大きく跳ねた。

もっと——強烈なのがいた。

常盤は浴衣姿の紗和を見て、否、直視できないため顔を覆った指の隙間から見て、なにやら危険な空気を醸し出していた。

「……嗚呼（ああ）、俺以外の誰の目にも触れないよう、今すぐ監禁してしまいたい」

（うん、聞こえなかったことにしよう）

小さく咳払いをした紗和は、常盤からそっと目をそらすと、あらためて柚と翠に向き直った。

「浴衣姿の柚様と翠さんが並んでいると、恋人同士にしか見えないですね～！」

今は、こちらのふたりに全集中だ。気持ちを切り替えた紗和は、満面の笑みを浮かべながら手を叩いた。

しかし、ふたりは微妙な顔をして黙ってしまう。

（今のはちょっと、白々しすぎた⁉）

紗和は内心焦ったが、

「紗和しゃまの言う通り、すっごくお似合いのおふたりでしゅ！　とっても素敵で、一緒にお祭りに行けるのが嬉しいでしゅ～！」

ふわふわと宙を飛んでいた小栗が、援護射撃してくれた。

「柚も、鎌倉の伝統的な祭りを見られるのは楽しみじゃ」

「でしゅでしゅ！　今日は楽しみましょうでしゅ～！」

小栗のおかげで、柚の顔に自然な笑みが戻った。

ホッと胸を撫でおろした紗和は、

「それじゃあ、行きましょう！」

先頭を切って吾妻亭を出ると、鶴岡八幡宮に向かった。

——時刻は、夜の帳がおりる少し前。

ぼんぼりの明かりで華やぐ鶴岡八幡宮は、多くの人で賑わっていた。

「たくさん人がいて、みんなすごく楽しそうでしゅ〜！」

小栗はふよふよと宙に浮きながら、大きな瞳を輝かせた。

常盤と柚と翠の三人は、紗和と観光がしやすいように、人に視えるように化けている。

式神の小栗だけは普通の人には視えない姿のまま、初めての祭りを堪能していた。

「たしかに、この景色は壮観じゃの」

柚もぼんぼりが並ぶ参道を見て、感嘆した。

個性豊かなぼんぼりが、真っすぐ伸びた参道の両脇に並んでいる。

その景色は神秘的で美しいのに、心落ち着く温かさがあった。

翠はなにも言わないが、明かりを見つめる瞳がいつもより優しい。

「では、早速お祭りを見て回りましょう。と、その前に、ひとつご提案があります」

ころ合いを見計らっていた紗和は、今がそのときだと切り出した。

かまくラブ♡キューピッド大作戦の成功の要である、第二ポイントを仕掛けるときだ！

「提案？　とは、どんなものじゃ？」

「はい。見ての通り、お祭りは人がたくさんいますよね。なので、はぐれないように、今日は手を繋ぎましょう！」

そう言うと紗和は、隣にいる常盤を肘で小突いた。

前日の夜にした打ち合わせでは、ここで常盤が紗和の手を取る手筈になっている。

（ん？　ちょ、ちょっと常盤！）

ところが常盤は紗和の浴衣姿に平常心を失ったままで、周囲の男に目を光らせることに集中していた。

「嗚呼(ああ)、今、あの男が俺の紗和を目に入れた。あっちの男も様子がおかしいな。もう面倒だから、全員燃やしてしまおうか……」

作戦のことなどすっかり頭から抜け落ちて、ブツブツと不穏なことをつぶやいている。

（ああ、もうっ！）

こうなったら、紗和から常盤の手を繋ぐしかない。

本当は常盤から手を繋いでもらうことで、翠から柚の手を取るように促す予定だったが、作戦変更だ。

「たしかに紗和の言う通り、手を繋いだほうが安心じゃな」

「え？」

ところがそのとき、思いもよらないことが起きた。

常盤の手を取ろうとしていた紗和の手を、柚が掴んだのだ。

突然のことに紗和は目を白黒させて固まり、口をハクハクと動かした。

「紗和と手を繋いでいれば、迷子になることもないじゃろう」

「あ、い、う、えぇぇ……。そ、そうですね……」

まぶしい笑みを向けられたら、反論はできなかった。

(どうしてこうなるの──!?)

紗和は心の中で叫んだ。

当の柚は紗和の思いなど知る由もなく、今度は常盤と翠に目を向けた。

「常盤殿と翠も、手を繋いだほうがよいのではないか?」

「「えっ?」」

「いいでしゅね〜! そうすれば、みんな仲良しこよしでしゅ!」

悪気なく言った柚に、前のめりで賛同したのは小栗だった。

初めての祭りにテンションが上がっている小栗は、これまた悪気なくふたりの手を取ると、ご丁寧に恋人繋ぎにしてあげた。

その瞬間、周囲の女性たちがざわめいたのを、紗和はハッキリと肌で感じた。

──なにあれ、ご褒美かっ!?

誰かの歓喜に震える声が、耳に届く。

ハッとした紗和は、恋人繋ぎをさせられたふたりを凝視した。

常盤も凄艶な美男だが、翠も中世的な美青年なのだ。

人並み外れた端正な顔立ちのふたりが手を繋いでいるなど、これまた嫌いな女子はこの世にいまい。【紗和調べ】

（ちょっと私も、じっくり味わいたい光景すぎるかも）

だが、今は、喜んでいる場合じゃない。

そうこうしているうちに、顔色を青くしたふたりは、気まずそうに手を放してしまった。

「ぬ。迷子になったらどうするのじゃ」

「柚様、ご心配には及びません」

珍しく食い気味に応えたのは翠だった。

肝心の常盤はといえば、翠と手を繋いだことで目が覚めたのか、ようやく正気に戻った様子だった。

だが、今さら正気に戻っても遅い。

紗和に睨まれ、所在なさそうに肩を落とした。

「では、まずはどこから見て回ろうか」

紗和と手を繋いでご機嫌の柚は、先頭を切って歩き始める。

ここで一旦手を放して、翠から柚に手を繋ごうと言わせるなど、どう考えても不可能だ。

(はぁ。第二ポイントは、諦めるしかないよね)

結局、紗和と柚は手を繋いだまま、ぼんぼり祭りを堪能することになった。

厳かで美しい本宮と、摂末社を参拝。境内を歩きながらぼんぼりに描かれた絵や文字を見て感動したあとは、定番の屋台グルメに舌鼓を打った。

「りんご飴、名前は聞いたことはあったが、食すのは初めてじゃ」

「ふふっ。可愛いし、甘くておいしいですよ。私も大好きです」

初めこそ紗和は思惑が外れたことに落胆したが、祭りを楽しむ柚の笑顔を見ているうちに、煩悩(ぼんのう)は消えていった。

(せっかくお祭りに来たんだし、柚様に楽しんでもらわないと意味がないもんね)

チラリと翠を窺(うかが)うと、翠も楽しそうな柚を見て、時折顔をほころばせていた。

賑やかな境内は、色鮮やかな夏祭りの空気に染まっている。

(ああ、なんだか懐かしいな)

と、不意にそんなことを思った紗和の額の中心に、ピリッとした痛みが走った。

〝いつものやつ〟だ。

紗和が額に触れたときには、もう痛みは消えていた。

だが、今回は少し違った。痛みが消えても、胸の奥にモヤモヤとした雲がかかったような違和感が残ったのだ。

なぜだろう。

額に触れた手を胸に当てた紗和は、衝動的に常盤を見上げた。

常盤は、遠くを見て寂しげな表情を浮かべていた。

けれど紗和の視線に気づくと、紗和を見て、そっと優しく目を細めた。

「紗和、祭りは楽しいか？」

「う、うん。楽しいよ」

「そうか。紗和が楽しめているのならよかった。今さらだが、浴衣もよく似合っていて可愛いよ」

「あ……りがとう。浴衣姿の常盤も、カッコいいよ」

ふたりの間に、甘い桃色の空気が流れる。

照れくさくなった紗和は、常盤からそっと目をそらした。

胸の奥がくすぐったい。そう思ったときには、モヤモヤとした違和感は消えていた。

「紗和しゃま！　お祭りって、楽しいでしゅ！」

小栗は子供らしくハシャギ、全身で喜びを表現していた。

周囲を見れば、紗和たちだけじゃない。ぼんぼりの明かりに照らされた人々は、皆、とても幸せそうな顔をしていた。

――この時間が、いつまでも続けばいいのに。

心の中に、自然とそんな気持ちがあふれてくる。

だが、楽しい時間ほどあっという間に過ぎてしまうものだ。

気が付けば一時間半が経っていて、そろそろ吾妻亭に戻る時刻が迫っていた。

(結局、翠さんに恋心を自覚させる作戦は、失敗に終わっちゃった感じだよね)

紗和は、複雑な気持ちで柚を見た。

作戦は失敗に終わったかもしれないが、柚と翠が楽しめたのなら、それはそれでよしとするべきかもしれない。

「柚様、残念ですがそろそろ――……」

ところが、紗和がタイムリミットを告げようとしたとき、

「あれはなんじゃ?」

不意にそう言った柚が、紗和と繋いでいた手を放した。

「あれ?」

柚が指さしたほうを見ると、そこには小さな子供がいた。

子供は三の鳥居近くにある太鼓橋のそばで、膝を抱えてうずくまっていた。

「あっ、柚様！」

柚はすぐに子供のほうへと向かった。

紗和もあわててあとを追い、常盤と翠、そして小栗も急いで追いかけてきた。

「そなた、如何(いかが)したのじゃ」

子供の目の前で足を止めた柚は、目線を合わせるように跪(ひざまず)いて尋ねた。

そこでようやく、紗和は気が付いた。

その子が人ではなく、あやかしだということに。

「お、おいら、さみしくて、かなしくて」

そう言ってゆっくりと顔を上げたその子の瞳の色は、海の底を覗き込んだような、深みのある瑠璃紺色だった。

瞳だけでなく、まとう色も神秘的な瑠璃紺色だ。

周囲の闇に紛れてしまいそうな危うさと、すべてを包み込む安心感を与える不思議な色。

「えっ、なんか急に、雲が増えた感じじゃない？」

近くを通り過ぎた人が、空を見上げてつぶやいた。

ハッとした紗和も空を見ると、たしかに雲が厚くなっているような気がした。

（今日は一日、晴れ予報だったはずだけど）

「そなたは、雨ふり小僧じゃな」

驚いた紗和が柚の言葉を反すうすると、うずくまっていた子供が頷いた。

「雨ふり小僧？」

「そう。おいらは、雨ふり小僧の〝しずく〟だよ」

雨ふり小僧もとい、しずくは、蓑を身に着けていた。

紗和が、しずくはあやかしだと気が付いたのも、その蓑が理由だった。

（蓑を身に着けている子供なんて、あんまり見かけないもんね）

見かけない——視えない。つまり、それはあやかし。

極めつけに、人らしからぬ瞳の色を見て、確信した。

しずくはたぶん、紗和たちにしか視えていない。

「え、ちょっと。なんか急に雨が降りそうじゃない⁉」

また、通り過ぎる人の声が聞こえた。

雨という言葉にドキリとした紗和は、しずくを前に息を呑んだ。

「もしかして、これから雨を降らすの？」

「うん。だっておいらは、雨ふり小僧だもん」

「ダ、ダメだよ！」

紗和はとっさに声を上げた。

するとしずくは、瑠璃紺色の瞳を大きく見開いて、怯えた様子で紗和を見た。

「ど、どうしてダメなの？」

「だって、今、雨が降ったら、お祭りは中止になっちゃうかもしれないから……」

そうなれば、悲しむ人たちがたくさんいる。

ぼんぼりだって、雨に濡れたら大変だ。

「だから、お願いだから雨は降らせないで。今、ここにいる人たちは、みんな今日のお祭りを楽しみにしていたの」

そう言うと紗和も柚と同じように、しずくの前にしゃがみ込んだ。

しずくは所在なさそうに視線を彷徨（さまよ）わせたあと、また膝を抱え込んだ。

「でも、おいらはぜんぜん楽しみじゃなかったよ」

「え？」

「だって、おいらはひとりぼっちだもん。昨日からずっとここにいるのに、誰もおいらに気づいてくれなかった」

しずくはそう言うと、下唇を噛みしめた。

次の瞬間、ふたたび紗和の額の中心に、ピリッとした鋭い痛みが走った。

「〝ひとりぼっち〟は、さみしいよ」

（う……っ）

紗和は心の中で唸ると、また額に手を当てた。

さっきはすぐに引いた痛みが、今回は継続的に続いている。

こんなことは、初めて――いや、〝あの日〟以来だ。

常盤との出会いを思い出した、あの日以来。

だけど今日はそのときよりも、痛みが強いような気がした。

「ふ、ぅ……」

どうにか痛みを誤魔化すために、紗和は膝の上で拳を握りしめた。

「紗和、どうした？」

そんな紗和の変化にいち早く気が付いたのは常盤だった。

紗和は必死に焦点を合わせて常盤を探すと、深く長い息を吐いた。

「だい、じょうぶ」

常盤が後ろにしゃがんで、紗和の体を素早く支える。

すると不思議と、痛みが逃げるように引いていった。

「紗和、具合が悪いなら、すぐに吾妻亭に戻ろう」

「う、ううん。本当に、もう大丈夫みたい。心配かけてごめんね」

常盤だけでなく、柚と翠、そして小栗も、心配そうに紗和のことを見ていた。

「本当に、大丈夫。それより今は、しずくくんと話さなきゃ」

深呼吸をして心を落ち着けた紗和は、あらためてしずくに目を向けた。

痛みのことは気になるけれど、今はそれよりも考えなければいけないことがある。

紗和と目が合ったしずくは、小さな肩をビクリと揺らした。

「お、おねえちゃんも、おいらを叱るの？」

「叱る？」

「だって、みんな、おいらはダメな奴だって言う。雨を降らしちゃいけないときに降らして、降らさなきゃいけないときには降らせられないから」

話を聞けば、しずくは普段は幽世（かくりよ）で、雨（あめ）ふり小僧（こぞう）として〝御屋形（おやかた）様〟という者に雇われ、言われた場所に雨を降らせる仕事をしているのだという。

ところがしずくは、まだ、妖力のコントロールが未熟だった。

そのため、しずくと同じように御屋形様の屋敷で働いている者たちに、非難の的——つまり、イジメられているようだった。

「おいらは、御屋形様に迷惑をかけてるって。おいらなんて邪魔だって……。おいらはみんなに、出来損ないって言われてるんだ」

そう言うとしずくは、目にいっぱいの涙を溜めた。

「マズいな」

常盤がつぶやいた瞬間、空には一層重苦しい雲が広がり、浮かんでいた月は完全に隠された。

「も、もしかして、しずくくんが泣くと雨が降るの？」

「う、うん。おいら、こうやって、いつも泣いちゃダメなときに泣いちゃうんだ」

しずくのその言葉の通り、本当に、今にも雨が降り出しそうだ。

いよいよ、お祭りが危うい。

（と、とにかく、どうにかしてしずくくんを落ち着かせなきゃ！）

「しずく、柚たちは、しずくのことを叱ったりしないぞ」

「で、でも、もしも今、おいらが泣いて雨が降ったら叱るでしょ……」

柚が慰めても、しずくは追い詰められるばかりだった。

雲行きが怪しくなってきたせいで、お祭りに来ている人たちの表情にも不安が広がっていった。

（このままじゃ、ほんとに雨が降ってきちゃう。でも、どうすればいいの？）

なにか策はないかと、きょろきょろとあたりを見回した紗和は、ある出店に目を留めた。

「そ、そうだ。しずくくん、少しだけ待ってて！」

そうして勢いよく立ち上がった紗和は、出店に向かって一直線に走った。

そこであるものを買うと、すぐにしずくのもとに戻ってくる。

「はい、これ。しずくくんにあげる」

「おいらに……？」

紗和がしずくに渡したのは、長い串に刺さったぶどう飴だった。

「これ、しずくくんの瞳の色と同じ、綺麗な瑠璃紺色でしょ」

加えて言うと、しずくがまとう色と同じ色だ。

だから、これならしずくが気に入るのではないかと、紗和は考えたのだった。

「もしかして、甘いものは苦手だった？」

「う、ううん。そうじゃなくて、初めて食べるものだから……。おいら、純血妖なんだけど、人に視えるように化けられないから」

昨日からここにいて、気になっていたけど、買うことができなかった。

話を聞いた紗和は、しずくを見てニッコリとほほ笑んだ。

「それならよかった。もしも興味があるなら、ぜひ食べてみて。しずくくんが、気に入るといいんだけど」

「ほ、本当に食べてもいいの？」

「もちろんだよ！　しずくくんのために買ってきたんだもん」

紗和はもう一度、ニッコリと笑ってみせた。

しかし、しずくは遠慮しているのか、なかなかぶどう飴を口にしようとはしなかった。

(食べたことがないものだし、警戒してるのかな?)

相変わらず空の色は変わらない。

雨が降りそうだという理由で、お祭りから帰ろうとする人たちも出てきていた。

「皆で、同じものを食べるのはどうでしょうか」

と、そのとき。それまで黙っていた翠が、口を開いた。

全員が驚いて翠に目を向ける。

すると翠はわずかにほほ笑みながら、言葉を続けた。

「私もまだ童の姿をしていたころ、柚様にこっそりとお菓子を分け与えていただいたことがあるのです」

翠の言葉に、柚が驚いた様子で目を見開いた。

「柚様がくださったのは、金平糖でした。それまで私はお菓子というものを食べたことがなかったので、嬉しい反面、戸惑ったことを覚えております」

今のしずくと同じように、なかなか金平糖を口にしない翠を見て、柚は自身の手のひらにも金平糖をのせ、『一緒に食べよう』と言ったという。

「続けて柚様は、〝手本を見せてやる〟と言って、楽しそうに笑ったのです」

その笑顔を見た翠は、心の底からホッとして、生まれて初めての安心感を覚えた。

なにより、おいしいものを誰かと一緒に食べることは、とても幸せなことだと知ることができたという。

「しずく殿も、ひとりで食べるより、我々と一緒のほうが安心できるのではないでしょうか」

見当外れなことを言っていたら申し訳ありません、と言葉を続けた翠は、気まずそうに視線を落とした。

「……たしかに、あのとき食べた金平糖は、いつもの何倍もおいしく感じたな」

ぽつりとつぶやいたのは、柚だった。

ハッとした全員が、今度は柚に目を向ける。

「仕方がない。しずくにも、柚が手本を見せてやるとしよう」

立ち上がった柚は、凛とした空気をまとっていた。

その表情は驚くほど可愛らしいのに、柚らしい気品にあふれていた。

「翠、行くぞ」

「え——……」

次の瞬間、柚が翠の手を取った。

「翠が言い出したことなのだから、翠が先頭を切ってやらないでどうする！」

突然のことに翠は戸惑いの表情を浮かべたが、柚はお構いなしに翠の手を引いて走り出した。

(……ああ、本当に、このまま時間が止まればいいのに)

紗和は、夏が終わってほしくないと強く願った。

柚に手を引かれた翠の表情には切ない恋心が滲んでいて、甘酸っぱいのに胸が苦しい。

ふたりを見つめる紗和の瞳も、切なさで揺れていた。

「それでは、皆で食べるぞ」

そうして紗和たちはしずくを交えて、ぶどう飴で乾杯した。

ぶどう飴を頬張るしずくは、つい先ほどまで泣き出しそうだったのが嘘のように、お祭りを楽しむ人たちと同じ顔をしていた。

「お、おいら、こんなに楽しいのは生まれて初めてだぁ」

その言葉を聞いた常盤は、しずくのそばに跪く。

「しずく。もしも幽世にいるのがつらいなら、現世に居場所を求めてもいいんだぞ」

しずくが現世で生きられるように、常盤はできる限りのことをすると語った。

「あやかしだからといって、幽世にこだわる必要はない。現世には、しずくのようなあやかしたちがたくさんいるよ」

吾妻亭で働くあやかしたち、そして現世で生きるあやかしたちは、皆それぞれに事情を抱えて生きている。

「でも、現世で生きていくにも、なにかをしなきゃダメでしょ？　こんなおいらでも、誰かの役に立てることがあるのかな？」

「誰かの役に立ちたいと思える心を持つしずくなら、どこでもやっていけるさ」

そう言った常盤がしずくの頭を優しく撫でると、しずくは照れくさそうにはにかんだ。

「しずくはもう、ひとりじゃないからな」

「え……」

「そうでしゅよ！　僕たち、みーんな、しずくしゃまのお友達でしゅ！　ぶどう飴で乾杯した仲でしゅからね！」

胸を張った小栗を見て、みんなは笑顔で頷いた。

「み、みんな、ありがとう……」

つぶやいたしずくの目からは、大粒の涙がこぼれ落ちた。

しかし、雨が降ることはなかった。

いつの間にか重い雲が消えた空には、月が煌々（こうこう）と輝いていた。

「み、みんなに友達だって言ってもらえて、本当に嬉しい。でも……おいら、幽世（かくりよ）に帰るよ」

「どうして？」

「おいらを雇ってくれた御屋形様と、もう一度、ちゃんと話してみる。それで、もしも御屋形様にも迷惑だって言われたら、そのときはまた、みんなのことを頼ってもいい？」

「もちろんだよ！」

紗和が前のめりになって答えると、しずくは幸せそうに笑った。

そして、ゆっくりと立ち上がった。

そのまま地を蹴って空に舞うと、どこかへ消えてしまった。

「しずくくん、またね」

わずかに湿った風が頬を撫で、夏の夜の一幕の終わりを告げる。

「では、我々も吾妻亭に帰ろうか」

常盤の言葉に、全員が静かに頷いた。

誰ともなく、ゆっくりと歩き出す。

しかし柚だけは、ぼんぼりの優しい明かりを見つめたまま、なかなか歩き出そうとしなかった。

そんな柚を見つめていた翠が、思い切ったように手を伸ばした。

けれど、その手はあと一歩のところで止まり、ひっそりと下ろされた。

柚の手に触れることなく握りしめられた手は、小さく震えている。
それを見た紗和の胸も切なさで震えた。

五泊目　招かれざる客と目覚めた感情

「紗和、そろそろお客様が到着する時間だよ」

ぼんぼり祭りに出かけた日から、一週間と数日が経った。

八月も半ばを過ぎて、蟬（せみ）の声もやや落ち着き始めたような気がする。

「阿波さん、ありがとうございます。掃除が終わったら準備をしますね」

阿波と別れてロビーに向かった紗和は、花瓶に生けられている花の周囲を拭き上げた。

「ハァ……」

ため息とともに考えるのは、柚と翠のことだ。

あれから、柚と翠の関係は、特に進展していない。

ぼんぼり祭りの帰り際、翠の行動を見た紗和は、どうすることが正解なのかわからなくなってしまった。

柚の手を掴もうとして、すんでのところで止めた翠。

自分のことではないのに、胸が締めつけられて、苦しくなった。

同時に紗和は、自分が余計なことをして、ふたりの関係にヒビを入れてしまうことが怖くなった。

（そもそも、ふたりが本当は好き合っているっていうのも、私と常盤の想像にすぎないし）

本人たちから聞かされたわけじゃない。

紗和たちが勝手に決めつけて、余計なお節介をしようとしていただけだ。

「まさに、蛇足（だそく）って感じだよね」

本人たちに望まれてもいないことをするのは、ただの有り難迷惑だ。

紗和は自分の愚かさを悔いた。

だが、悔いているのに、なにもせずに静観することが正解なのかもわからなかった。

「紗和、お疲れ様」

紗和が花の周囲を磨き上げてすぐ、ふらりと常盤がやってきた。

「常盤、どうしたの？」

「もうすぐ、お客様がご到着する時刻だろう？　今日は外に出る予定もないし、ここでお出迎え役をしようと思ってな」

そう言うと常盤は、紗和を見てほほ笑んだ。

「今日の柚様は、仲居ごっこはしていないのか？」

「うん。何度か〝手伝いたい〟って打診されたけど、今日は外に出るご用事があったみたいで、今はひとりでお出かけ中だよ」

それについて、以前の翠なら、なにがあっても柚についていくと譲らなかっただろう。

しかし今回、柚に『ひとりで出かけたい』と言われた翠は、『柚様がそのように望むのなら』と言って、素直に身を引いたのだ。

「柚様ひとりで出かけちゃって、本当に大丈夫だったのかな」

「柚様はああ見えて、蛇族の中でも上位に位置する強い妖力の持ち主だ。よほどの手練れが相手でもない限り、おひとりでどうにでもできるだろう」

だから柚は、白蛇令嬢と呼ばれる存在でありながら、護衛をつけていないのだ。

本来なら付き人である翠が、護衛の役目も担うのが幽世では一般的らしい。

しかし翠は邪血妖のため、妖力は最弱部類で、柚の足元にも及ばなかった。

「それなのに柚様は、あえて翠さんを付き人にして、長年おそばに置いていたんだよね」

その事実を思うと、紗和はまた余計なことを考えてしまいそうになる。

煩悩を振り払うために、頬を両手でパチン！　と叩いた紗和は、「ふぅ」と短く息を吐いた。

「紗和、大丈夫か？」

「うん、大丈夫。とにもかくにも、私は翠さん自身が出した答えを応援するって、心に決めたよ。もう余計なことは、しないつもり」

夏が終われば、ふたりは離れ離れになってしまう。

紗和はふたりに、これからもずっと一緒にいてほしいと思っている。

だけど、どうするかを決めるのは、柚と翠だ。

部外者である紗和にできることは、ふたりの行く末を見守ることだけだと自分を戒（いまし）めた。

（たぶん、これでいいよね）

あらためて胸に誓った紗和は、今日も吾妻亭内で仕事に励む翠の姿を想像した。

もはや翠が吾妻亭で働くことに、異議を唱える者はいない。事情を深く知らない者たちは、翠は柚の付き人から転職したのだと勘違いしているほどだった。

「もしも翠さんが吾妻亭の正式な従業員になったら、それはそれで吾妻亭としては大助かりだもんね」

紗和は前向きに笑うが、肝心の常盤は、

「俺は雇うとは一言も言ってない」

とつぶやき、苦虫を噛み潰したような顔をした。

「一刻も早く、従業員の住居棟の拡張工事をしないと……」

ブツブツと独り言までこぼし始める始末だ。

小牧の仕事が増える予感がして、紗和は苦笑いをこぼした。

「おい！　この宿は、お客様が到着したってのに、出迎えもしねぇのか⁉」

そのときだ。突然ロビーに、荒々しい声が響いた。

ハッとした紗和はあわてて玄関に目を向けた。

そこには艶めかしい色気を醸し出した女性と、黒いフードを目深にかぶって顔を隠した、背の高い男が立っていた。

「も、申し訳ありません！」

あらかじめご到着時間を知らされていたお客様だ。

あわてて玄関まで移動した紗和は、ふたりに向かって深々と頭を下げた。

「こちらの気が回らず、本当に申し訳ありませんでした。本日は、ようこそお越しくださいました」

「チッ」

舌を打ったのは、黒いフードをかぶった男のほうだった。

先ほど声を荒らげたのも、この男に違いない。

「お客様、大変申し訳ございませんでした。本日は吾妻亭にお越しくださり、誠にありがとうございます」

常盤も紗和の隣に並んで、男女に向かって頭を下げた。

すると常盤を見た女性のほうが、「噂以上の色男じゃないか」とつぶやき、舌なめずりをした。

常日ごろから、眉目秀麗な常盤に目を奪われる女性客は多い。

（だから普段は、そこまで気にならないんだけど……）

どうしてかはわからないが、紗和はこの女性客に対してだけは、嫌悪感を覚えてしまった。

とはいえ相手はお客様だ。嫌悪感など覚えていいわけがない。

未熟な自分を心の中で戒めた紗和は、営業スマイルを顔に張り付けた。

「お客様は、ご予約をいただいていた――」

しかし、そこまで言って〝あること〟に気が付き、言葉を止めた。

（あれ？　おかしいな）

本日、紗和がお部屋を担当するのは、女性おひとりで宿泊予定のお客様だったはず。

そのお客様にはご予約の際に、『チェックイン時刻ピッタリに行くから、部屋にはあらかじめ布団を敷いておいて』と言われていた。

今は、まさにそのチェックイン時刻だ。だから紗和は、自分が担当するお客様だと思ったのだが……

今、目の前にいるのは男女一組のお客様。

（そもそも、このお客様だけじゃなく、今日は珍しく男性のお客様がひとりもいないはずなんだよね。全員女性なのは珍しいねって、今朝、稲女さんと話していたし）

「あ、あの。お客様は、ご予約をいただいていた朝雲（あさぐも）様で、お間違いないでしょうか」

「ええ、そうよ。ワタシが朝雲で間違いないわ」

やはり。このお客様は、紗和が部屋担当をする予定の、あやかし・土蜘蛛（つちぐも）の女性で間違いない。

「失礼ですが、本日はおひとりでのご予約をいただいておりましたよね？　そちらの方は、お連れ様でしょうか……？」

紗和は思い切って尋ねた。

すると朝雲は「ああ」とつぶやいたあと小さく笑い、体を妖艶にくねらせた。

「予約をした時点では、まだふたりで来られるか確証がなくてねぇ。でも、彼の都合がついて、無事にふたりで泊まれることになったんだ。部屋はもともとワタシがとってあったんだし、布団も予定通りにひとつで済むから、別に構わないだろう？」

（いやいやいやいや……！）

一切悪びれる様子もなく言い切った朝雲を前に、紗和は唖然として返す言葉を失った。

吾妻亭で働き始めて、四ヶ月半。

これまで何度かお客様の無理難題に対応する場面はあったが、久々にパンチのある要求をされた。

「なに、ダメだって言いたいのかい？　こっちは鎌倉現世くんだりまで出向いたのに、追い返したりしないよねぇ」

「そ、それは……」

「おいっ、テメェ、まさか俺らの注文を断るワケないよなぁ！　純血妖の俺たちが、出来損ないどもがやってる宿に泊まってやるんだ。どんな要求も呑むのが当たり前だろうが！」

凄んだのは、フードを被った男だった。

男の物言い――吾妻亭や吾妻亭で働く従業員たちへの侮辱の言葉と、ふたり揃っての傲慢ぶりに、紗和は思わずムッとしたが、顔と態度には出さずにどうにか耐えた。

「だから、こんな宿に泊まるのは嫌だって言ったんだよ」

「それは仕方ないだろう。あんまり目立つようなところもどうかと思って、ワタシは一応気を使ったんだ」

その上、ふたりはなにやらワケありの様子だ。

朝雲は男にべったりとくっつき、ご機嫌を窺って(うかが)いる。

「とにかく、今日ワタシらは、ここに泊まらせてもらうよ。帰れなんて酷いことは言わないでおくれよ」

「ご事情はわかりました。ただ、御料理のご用意など、お客様にご満足いただくための準備がございますので、次からは事前にご連絡をいただけると助かります」

スッと一歩前に出たのは常盤だった。

吾妻亭の主人である常盤はこれ以上のやり取りは不毛と感じたのか、隙のない笑みを浮かべた。

「あらぁ。やっぱりイイ男は話がわかって助かるわぁ」

「おい、朝雲っ！　さっきから黙って聞いてりゃあ、俺以外の男に色目を使ってんじゃねぇよ！」

今度は朝雲に凄んだ男が、自身がかぶっていたフードを乱暴に取った。

「こんな男より、俺のほうが何倍もイイ男だろうが！」

苛立っている様子の男は、肩下まで黒髪を伸ばした、野性味ある男前だった。

だが、常盤よりもイイ男だと言われたら、紗和は疑問符を浮かべてしまう。

(まとう色も黒に近い紫色で、怖気が立つ感じだし)

ちなみに朝雲がまとう色は、くすんだ素鼠だった。

紗和は共感覚で視えるオーラの色で、相手の中身を判断するのはやめようと思っていたが、今回ばかりは〝視たまま〟がふたりの本質に思えた。

「次に他の男に目移りしたら、お前のことは切るからな。生憎、俺は女に困っちゃいねぇんだ」

「なにさ、ちょっと冗談を言っただけじゃないか。あんたは強がるけど、ワタシの体に夢中なくせに」

聞きたくもない生々しい会話に、紗和は心の中で耳を塞いだ。

体をくねらせ、男の腕にしがみつく朝雲は、色っぽい視線を送り続けている。

「まぁ、ワタシは夜刀の、そういう高慢なところにもそそられるけどね」

どうやら、男の名前は〝夜刀〟と言うらしい。

（あとで小牧さんに、朝雲と夜刀って名前を要注意客リストに入れてもらおう――……ん？　夜刀？）

そのとき。紗和は、妙な引っかかりを覚えて首をひねった。

たった今、朝雲が口にした夜刀という名前に、なぜか聞き覚えがある気がしたからだ。

しかし紗和には、夜刀という名のあやかしの知り合いなどいない。

なぜ、聞き覚えがあるのだろうか。紗和は必死に記憶の糸を手繰り寄せた。
（前に担当したお客様じゃないことだけは、わかるけど）
どこかで会ったことがある？
いや、もしも会ったことがあるとしたら、この嫌な感じを覚えているだろう。
（うーん……）
紗和は、今度は心の中で首をひねった。
すると、唐突に、
『夜刀は徹底した差別主義者でな』
『柚が夜刀のもとへと嫁げば、柚の付き人の任を解くように言われておるのじゃ』
以前、柚が口にした言葉が、脳内で再生された。
「あ……っ‼」
次の瞬間、こらえきれなかった声が口から漏れた。
（や、夜刀って、まさか——）
そう。男の名前は、柚が結婚する予定の男と同じだったのだ。
紗和は信じられない気持ちで、夜刀の顔を凝視した。
「なんだぁ？　お前、なにをジロジロ俺のことを見てやがる」
視線に気づいた夜刀は、紗和をギロリと睨みつけた。

反射的に紗和は目を伏せたが、心臓は今にも爆発しそうなほど嫌な音を立てていた。

（ひ、人違いっていうか、あやかし違いだよね？）

そうであってほしい。いや、そうに決まっている。

「ねぇ、夜刀。もういいからさ、さっさと部屋に行こうよ、飽きちゃったわ」

「ハッ！　ああ、そうだな。いつまでもくだらねぇやり取りをしてないで、俺はお前が着ている着物を、さっさと脱がしてぇんだ」

「やぁだぁ。まったく悪い人ねぇ。こんなこと、夜刀が結婚する予定のお嬢さんが聞いたら、倒れちゃうわよ」

「あー……。冷めるから、アイツの話はやめろっつったろ。あんな見た目だけの、頭の固いつまんない女と結婚しなきゃなんねーと思うと、うんざりするぜ」

ドッドッドッと、紗和の心臓は不穏なリズムを刻み続けていた。

こんな不快なやり取りは見たくもないし聞きたくもない。

それなのに、今、紗和の全神経は男の挙動を追うことに集中していた。

「俺らの結婚は、所詮、互いの家の面子を保つためのもんだ。アイツも、白蛇令嬢だとか呼ばれて調子に乗ってるかもしれねぇが、俺と結婚したら、蛇族の未来の長であるこの俺の、高貴な血を引く子供を産むためだけのただの道具になるんだよ」

──紗和の願いも空しく、嫌な予感は的中してしまった。

夜刀の言葉を聞いた紗和は、思わず総毛立った。

血の気が引いて、目の前が絶望で暗くなる。

白蛇令嬢は、柚の呼称だ。

ということは、この男はやはり、柚の結婚相手で間違いない。

「なんで……」

ぽつりとつぶやいた紗和は、震える息を吐いた。

今、隣にいる常盤はどんな顔をしている?

常盤も、この男が柚の結婚相手だと気が付いただろうか。

確かめたいのに体は動かず、紗和は瞬きをするのも忘れて立ちすくんでいた。

「おい、お前、俺たちを早く部屋に案内しろよ。それで空気を読んで、さっさと部屋から出ていけよ」

薄気味悪い笑みを浮かべた夜刀が、一歩前に出た。

柚は今回の旅はお忍びだと言っていたので、夜刀は柚が吾妻亭に長期滞在していることを知らないのだろう。

でも、このまま夜刀を吾妻亭に迎え入れたら、柚と鉢合わせる可能性が出てくる。

(そうなったら、柚様は……っていうか、なんかもう最悪だ……)

紗和の頭の中はパニックになっていた。

最悪などという言葉では、今の状況を説明するには不十分すぎる。

太ももの横で拳を強く握りしめた紗和は、仲居として、どのような対応をするのが正解なのかを必死に考えた。

「や、夜刀様？」

そのときだ。

もうすっかり聞き慣れた声が耳に届き、紗和は弾かれたように振り向いた。

「す、翠さん」

そこには、仲居着を身にまとった翠がいた。

厨房の仕事を終え、なにかできることはないかと、紗和に窺いにでも来たのだろう。

翠は夜刀を見て驚き、なにが起きているのかわからない様子で狼狽した。

「なんだ貴様、ここでなにをしている」

代わりに、低く唸るような声を出したのは夜刀だ。

夜刀に睨まれた翠は、ハッとしたあと、すぐにその場に跪いた。

「も、申し訳ありません」

「おい！　俺は貴様に、ここでなにをしているかを聞いてるんだ！」

夜刀が、これまでとは非にならないほどの乱暴な声を翠に浴びせた。

ビリビリと空気が震える。

柚の付き人である翠と夜刀は、当然のように面識があったのだ。

しかし翠の様子を見る限り、そこには大きな力の差があることが窺(うかが)える。

反射的に足が動いた紗和は、翠を隠すように立って、正面から夜刀と向き合った。

「す、翠さんは今、吾妻亭の仕事の手伝いをしてくれているんです」

どうにか絞り出した声は震えていた。

それでも紗和は精いっぱい平静を装い、両足に力を入れて踏ん張った。

「ここで働いてるってことか。ハッ！　なるほどな。つまりここは、お前の新しい寄生先ってわけだ」

朝雲の肩を抱き寄せた夜刀は、鼻で笑って翠のことを罵倒した。

「薄汚い邪血妖の貴様には、この場所はお似合いだな。貴様みたいなゴミが、高貴な血が流れる蛇族に仕えるなど、許されることではなかったんだ」

どうやら夜刀は、翠がすでに柚の付き人を辞め、吾妻亭で働き始めたと勘違いしたようだ。

「おい、翠。今日、ここで見たことを、あの頭の固い女にチクったりするんじゃねぇぞ。ヒステリックになられちゃ、面倒くせぇからな。俺だって、あんな色気のない女を嫁にしなきゃいけないと思うと頭が痛いんだ。自分好みの女を妾(めかけ)として持つくらい、当たり前の権利なんだよ」

完全に開き直っている様子だ。

夜刀と翠の間に立っている紗和は、話を聞きながら、怒りで拳を震わせた。

「蛇族の次期当主である俺に、手に入らねぇもんはない！」

ところが、夜刀がそう言い切った瞬間、

「――夜刀？」

最悪なタイミングで、柚が吾妻亭に帰ってきた。

その場にいる全員の目が、柚に向く。

鎌倉の街で買い物をしてきたのか、柚は紙袋を提げていた。

「ゆ、柚……」

突然の結婚相手の登場に、夜刀は驚いた様子で目を見開いて固まっていた。

対する柚はといえば、自分を見る面々の表情ですべてを察したのか、瞳から感情の色を消した。

「なぜ、夜刀がここにいるのじゃ？」

そう言った柚の声は今まで聞いたことのないくらい平坦で、無感情だった。

柚に睨まれた夜刀はわずかに怯んだが、すぐに持ち直すとほくそ笑んだ。

「お、お前のほうこそ、どうしてここにいるんだよ。まさか、かの白蛇(しろへび)令嬢が、結婚前にお気に入りの付き人の男とお楽しみか？」

頭に血が上るとは、たぶんこういうことを言うのだろう。

カッとなった紗和は思わず手が出そうになったが、ギリギリの理性が働いて踏みとどまった。

――パチンッ！

代わりに、夜刀の頬を引っぱたいたのは、柚だった。

「恥を知れ、夜刀」

「な……っ」

柚に一喝された夜刀はわなわなと体を震わせたあと、柚のことを睨みつけた。

そして次の瞬間、朝雲の肩を抱いていた手を放し、その手で柚を勢いよく突き飛ばした。

「……っ！」

「柚様っ‼」

叫んだのは翠だ。

誰よりも早く動いた翠は、しりもちをついた柚のそばに駆け寄った。

「柚様、おケガはありませんか⁉」

「大事ない。翠のほうこそ、夜刀になにもされていないか？」

戻ってくるのが遅くなってすまなかった――と言葉を続けた柚は、翠を安心させるようにほほ笑んだ。

柚が手にしていた紙袋は玄関の敷石に落ち、柚の手を離れてしまった。

紗和は夜刀が女性を――よりにもよって、自身の妻になる柚を突き飛ばしたことに、どうしようもない憤りを覚えた。

（この男、どこまで最低なんだろう……！）

「ハッ！　まったく、お前は相変わらず心がお綺麗なこって。だが、未来の夫の頬を叩くなんて、行儀が悪いにもほどがある。結婚したら、嫌というほど躾けてやらねぇとなぁ」

柚と翠の前に仁王立ちした夜刀は、ふたりを見下ろしながら嘲笑（あざわら）った。

「行儀が悪い？　お前にだけは、言われたくない言葉じゃのぅ。お前が柚の未来の夫だと言うのなら、お前が肩を抱いていたその女性のことを、柚にどう説明するつもりじゃ」

対する柚も負けじと立ち上がると、ふたたび夜刀を睨みつけた。

柚が言うことはもっともだ。

しかし夜刀は悪びれる様子もなく、また堂々と朝雲の肩を抱き寄せた。

「説明？　ああ、身持ちの堅いお前には、ちゃんと言葉にして説明してやらなきゃわからねぇかぁ」

夜刀の言葉に、柚が一瞬、目を眇めた。

その細かい機微を、ずる賢い夜刀は見逃さなかった。

「こいつは、俺の愛妾のひとりだ。なんと言っても、体の相性が抜群でな」

笑えない冗談を言った夜刀は、朝雲の体を自分に強く密着させた。

「やんっ。夜刀ってば、そんなに強く抱かないでおくれよぉ」

ついには、朝雲まで開き直る始末だ。朝雲は鼻を鳴らして、強気な視線を柚に向けた。

「くだらないな。その話を父上たちに知られたらどうするつもりじゃ」

「ハハハッ！　俺が愛妾のひとりやふたり持っていたところで、やるべきことさえやりゃあ、親父たちはなにも言ってこねぇよ」

「やるべきこと……？」

柚が訝しげな顔をして聞き返した。

すると夜刀はニヤリと笑って、朝雲を抱き寄せたまま、柚の体を指さした。

「お前が、俺の子を孕むことさ。俺たちの体に流れる高貴な蛇族の血を継ぐ子を産むのがお前の使命だ。親父たちは〝女〟のお前に、それ以外のことは期待してねぇんだよ」

その言葉に、柚が目を見開いて固まる。

それでも柚はなにかを言い返そうと口を開いたが、すぐに閉じて、握りしめた拳を震わせた。

「残念ながら、この女は土蜘蛛でなぁ。いくら体の相性がよくても、高貴な血を継ぐ子を産むことはできねぇ。だから柚、安心しろ。結婚したら、お前の役目は俺がきちんと果たさせてやるからよ」

今日一番の下卑た笑みを浮かべた夜刀は、茫然自失している柚を見下ろした。

朝雲も、柚を見てニヤニヤと厭らしい笑みを浮かべている。

紗和は腸が煮えくり返って、今度こそふたりを引っぱたいてやりたくなった。

（こんなの、絶対に許せない！）

結婚相手である柚に、自分には浮気相手がいると、堂々と宣言するなんて。

挙句の果てには、柚は子供を産むためだけの道具だと言い切った。お互いの親も、そう思っていると。

夜刀は、紗和がこれまで出会った者の中でも、ぶっちぎりのクズだ。

「――もう、お前の好きにすればいい」

と、不意にそう言った柚が、夜刀に背を向けた。

「柚様っ!?」

そのまま柚は、白い光とともに、どこかへと消えてしまった。

翠は声を上げたが、伸ばした手は光の中に消えた柚には届かなかった。

「ハッ！　なにも言い返せないから逃げたか。ザマァねぇな」

吐き捨てるように言った夜刀に同意するのは、その腕にしがみつく朝雲だけだ。

（なんで……柚様が、あんなふうに傷つけられなきゃいけないの？）

悔しさと怒りと悲しみで、紗和の感情はぐちゃぐちゃだ。

そのとき、〝あるもの〟が紗和の目に留まった。

引き寄せられるようにフラフラと歩き出した紗和は、玄関の敷石の上に落ちているそれを拾い上げた。

「これって……」

柚が持っていた、紙袋だ。

夜刀に突き飛ばされた際に、柚が落としてしまったもの。

紙袋の中身は、大丈夫だろうか？

紗和が確認するべきか迷っていると、紙袋が落ちていたそばに、小さなメモのようなものがあるのを見つけた。

紗和は紙袋を抱えたまま、そのメモを拾い上げた。

そして、メモに書かれている言葉を見て、思わず口元に手を当てた。

「す、翠さん、このメモ——……」

メモには、柚が今日、なにをしに鎌倉の街に出かけていたのかわかることが書かれていた。

「パンケーキの、作り方？」

紗和からメモを受け取った翠は、そこに書かれている文字を読み上げた。

たった今、翠が口にした通り。メモには、パンケーキの作り方が書かれていたのだ。

メモの最後には、【付き人くんが喜んでくれるといいね！】というメッセージも添えられている。

「カフェ、ひとつめ？」

メモ用紙には見覚えのあるロゴマークが印刷されていて、以前、紗和たちが行った、一(ひと)つ目小僧(めこぞう)の一之進が働くカフェで書かれたものだと推測できた。

（そうだ。そういえば、あのとき……）

思い出されるのは、そのときに柚がつぶやいていた言葉だ。

『ぱんけーきがこのように美味なるものならば、翠にも食べさせてやりたかった』

「おいっ、テメェら、なにを突っ立ってんだ。そこの仲居！　この愚図が！　早く俺らを部屋まで案内しろよ！」

夜刀の言葉は雑音となり、紗和の耳には届かなかった。

代わりに、紗和の目には涙があふれる。

柚のことを思うと、たまらない気持ちになったのだ。

(柚様は翠さんにパンケーキを食べさせてあげたくて、一之進さんのところに作り方を教わりに行ってたんだ)

その証拠に、紙袋の中には【ひとつめ特製】と書かれたパンケーキ用の粉とバターが入っていた。

「翠さん。柚様は、自分が食べて幸せな気持ちになったパンケーキを、翠さんにも食べさせてあげたいって思ったんだと思います」

紗和が目に涙を浮かべながらそう言うと、翠はゆっくりと目を見開いた。

ふたりのことで、もう余計なことはしないと決めたばかりだった。

部外者の紗和にできることは、ふたりの行く末を見守ることだけだと思ったから。

(でも、もう無理だ)

今の紗和には、なにもせずに黙っていることなどできそうもない。

柚の気持ちを考えたら苦しくて、切なくて、やるせなくて……。

お節介だと言われても、口を出さずにはいられなかった。

「翠さんは、なぜ、柚様がわざわざパンケーキの作り方を聞きに行ったのか、わかりますか?」

「そ、それは……私に、パンケーキを食べさせたいと思ったから、では……」

「当たっているけど、違います。だって、ただパンケーキを食べさせてあげたいだけなら、わざわざ一之進さんにレシピを教わりに行かなくても、翠さんをカフェに連れていくだけでいいじゃないですか」

同じ〝パンケーキを食べる〟でも、意味がまったく違ってくる。

柚は、〝自分が作ったパンケーキ〟を、翠に食べさせたいと思ったのだ。

その証拠に、紙袋の中にはもう一枚、別のメモが入っていた。

「【翠、ありがとう。そなたがそばにいてくれて、柚はとても幸せじゃ】」

紗和がメモに書かれていた言葉を読み上げると、大きく見開かれた翠の瞳が妖しく光った。

「柚様が、どういう気持ちで翠さんにパンケーキを作ろうとしたか。ずっと柚様と一緒にいた翠さんなら、わかりますよね？」

「柚様――……」

と、翠が柚の名を口にした瞬間。翠の体が、膨大で禍々しい〝なにか〟に包まれた。

その〝なにか〟はどんどん増え、みるみるうちに翠の中に収まっていく。

「う、うう……っ」

小さく唸った翠が、体をかがめた。

ビリビリと空気が震え、翠のそばにいた紗和の肌は粟立った。

「な、なんだァ？」

間抜けな声を出したのは夜刀だ。朝雲も、なにが起きたのかわからない様子で、夜刀の腕にしがみついている。

「紗和、危ないから、少し離れて」

と、それまで沈黙を貫いていた常盤が、翠から紗和をそっと離した。

「す、翠さん？」

今、紗和の声は翠の耳に届いているのだろうか。

激しく渦を巻く〝なにか〟——いや、妖力の中心に佇む翠は、弱弱しさが一切消えた、神々しい空気をまとっていた。

つい先ほどまで白花(しらはな)色だった瞳も、今は柚がまとう色と同じ、本紫色に変わっていた。

「も、もしかして……」

「ああ、妖力が覚醒したな」

ということは、つまり。

（柚様への恋心を、翠さんが自覚したってことだ！）

「お、おいっ！　なんだよこれ！」

夜刀がまた偉そうに、声を荒らげた。

「一体、なにが起きたのか説明しろ――……」

と、次の瞬間。ヒュッ！　と空を切る音が聞こえ、夜刀の髪の一部がハラリと落ちた。

「柚様を傷つけた貴様だけは、絶対に許さない」

低く唸(うな)るような声を出したのは翠だ。

直後、また空を切る音が聞こえて、夜刀の頬に傷をつけた。

「きゃ、きゃあっ！」

悲鳴を上げた朝雲は、夜刀から素早く離れる。

「な、な、なんなんだよ、マジで！」

当の夜刀は未だに状況を理解できない様子で、じりじりと後ずさった。

「貴様のようなクズには、柚様の夫になる資格がない。もう二度と柚様に近づけぬよう、今この場で消し去ってやる」

そう言うと、翠は人差し指の先から、細い糸のようなものを垂らした。

先ほどから、その糸を使って夜刀のことを斬りつけていたのだ。

翠の冷たい目を見た紗和は、ゾクリとして全身が粟立った。

「塵になってしまうといい」

「翠殿、落ち着け。翠殿が手を汚すことを、柚様はよしとしないだろう」

そのとき、いつの間にか距離を詰めた常盤が、翠の腕を掴んで止めた。

「常盤様？」

「一旦、冷静になったほうがいい。翠殿には、この男を痛めつけるよりも、他にやるべきことがあるだろう？」

常盤に諭された翠は、指先から垂らした糸を消した。

そしてしばらく考え込んだのち、手の中にあるメモを見て、ハッと目を見開いた。

「ゆ、柚様……。柚様を、捜しに行かないと！」

そう言った翠に常盤が頷いた直後、翠は柚と同じように、白い光の中に消えていった。

紗和は翠が柚を追いかけていったことに、思わず安堵の息を吐いた。

「な、なんなんだよ、アイツは……！　いきなり俺を斬りつけやがって、次に会ったら、タダじゃおかねぇからな！」

苛立ちをあらわにした夜刀は、地団駄（じだんだ）を踏んだ。

その姿を紗和が白い目で見ていたら、突然常盤に、トントンと肩を叩かれた。

「ん？」

「さて、ようやく俺の時間だ」

紗和が常盤を見上げると、常盤はニコニコと笑っていた。

けれどその笑顔はどす黒く、冷淡で、背筋がゾクッとしてしまう。

「このたびは、ご不快な思いをさせてしまい、大変申し訳ありませんでした」

ゆっくりと歩を進めた常盤は、不機嫌な夜刀の前に立つと、うやうやしく頭を下げた。

対する夜刀はといえば、相変わらずイライラしながら声を荒らげる。

「謝って済む問題じゃねぇだろ！　どう落とし前をつけるつもりだ⁉」

「落とし前、ですか。どのようなことをお望みでしょう」

「チッ！　……ん？　ああ、そうだ。じゃあ、その人の女を一晩貸してもらおうか。前から、人の女ってやつを抱いてみたいと思ってたんだ。暇つぶしに、ちょうどいいしな」

そう言うと夜刀は、紗和を見て舌なめずりをした。

紗和はゾッとして両腕をかき抱いたが、ふと冷静になり、もう一度常盤の様子を窺（うかが）った。

（あ、これ、ヤバイかも）

「ハハハハハッ！　お客様、面白いことをおっしゃる‼」

楽しそうに声を上げて笑った常盤は、自身の綺麗な顔を両手で覆い隠した。

こめかみはピクピクと痙攣（けいれん）していて、全身から尖った冷気のようなものを放っている。

指先にも、ゆらゆらと黒い焔(ほむら)が灯りかけているのが見えた。

——常盤は今、完全にキレている。

この状態になった常盤は相手に容赦がないことを、紗和はこれまでの経験から知っていた。

(このままだと夜刀は、常盤に燃やされて灰になっちゃうかも)

「ねぇ、常盤……」

常盤のそばまで歩を進めた紗和は、常盤の着物の袖を、そっと掴んだ。

「どうした、紗和。優しい紗和は、俺のことを止めるのか?」

顔から手を放した常盤は、指先に黒い焔(ほむら)を灯したまま、紗和に尋ねた。

やはり顔は笑っているが、目がまったく笑っていない。

そんな常盤に対して、紗和はニッコリとほほ笑み返した。

「ううん、違うよ。どうせなら——……二度と気持ち悪いことが言えなくなるくらい、コテンパンにやっちゃってって、言いたかったの」

常盤に負けないくらいに黒い笑みを浮かべた紗和は、コテンと首を傾げた。

そんな紗和を見て常盤は一瞬驚いたように目を見開いたが、すぐにうっとりとして口角を上げた。

「愛する花嫁殿の、仰せのままに」

パチン！　と、常盤が指を鳴らした。

「ぎゃ、ぎゃあああああ！！！」

次の瞬間、夜刀の腕に黒い焔が灯った。

激しく妖しく燃える炎は、夜刀が着ていた服の袖をあっという間に灰にした。

「あっ、あ、熱いっ！　な、なんだこの焔っ！」

夜刀は袖を燃やしても尚、消えることなく燃え続ける炎を、反対の腕で必死に消そうともがいていた。

だが、今度は反対の腕に焔が燃え移る。

そうこうしているうちに、騒ぎを聞きつけた吾妻亭の従業員たちが集まってきた。

小牧に、阿波に、稲女に、義三郎、そして花板の仙宗まで――

「な、なに!?　なにがあったの!?」

稲女が黒い焔に包まれた夜刀を見て、驚きの声を上げた。

「大丈夫。俺の焔は、俺が燃やしたいと思ったものしか燃やさない。だからこのゴミがどれだけよく燃えようとも、吾妻亭にも、吾妻亭で働く従業員たちにも、危害は一切及ばないから安心してくれ」

常盤のその言葉の通り、燃えているのは夜刀だけで、周囲には燃え痕ひとつついていなかった。

「きっ、貴様ぁ！　はっ、早く、この焔を消せぇ‼」

「ああ、たとえゴミでも、その体に蛇族の血が流れているのは本当らしい。普通のあやかしであれば、そろそろ炭になっていてもおかしくないのに、まだまだ吠える余地があるとは驚きだ」

　そう言うと常盤は、クスクスと楽しそうに笑った。

「じゃ、邪血妖の分際で、俺にこんなことをしていいと思ってんのか⁉　そもそも、俺は客だぞ！　丁重に扱われるべき存在だ！」

「おや、おかしいな。本日ご宿泊予定のお客様の中には、〝夜刀〟という名はなかったはずだが。まぁ仮にお客様であろうと、俺の愛しい花嫁が貴様の死を望むのであれば、夫である俺は望みを叶えるまでさ」

　常盤はそう言うと指先を夜刀に向け、黒い焔をさらに灯した。

「ぐ、ああああ‼　朝雲っ、バカ面で見てねぇで、あの男を止めろぉぉお‼」

　夜刀の悲鳴が強くなる。夜刀の愛妾である朝雲はといえば、夜刀を助けるどころか、腰を抜かしてブルブルと震えていた。

　黒い焔は、夜刀を燃やし続ける。

　紗和は常盤の隣で微動だにせず、その光景を眺めていた。

いつもの紗和なら慈悲をかけ、常盤を止めていたかもしれない。

でも、今回ばかりは、少しも止める気になれなかった。

「あなたが、私の大切なお客様を傷つけたから――」

ぽつりとつぶやいた紗和は、震える拳を握りしめた。

常盤は今、怒っている。その怒りの主な理由は、夜刀が紗和を抱きたいなどという戯言(ざれごと)を口にしたからだろう。

(もちろん、柚様と翠さんの件や、私に対して高圧的な態度を取ったことも理由だろうけど)

ここまで怒る常盤は珍しい。

だが、紗和は、そんな常盤よりも自分のほうが怒っていると、強く感じていた。

「ぎゃ、ぎゃあああああぁぁぁあ‼」

黒い焔(ほむら)は、どんどん強くなる。

その〝黒〟を――〝濡羽色(ぬればいろ)〟を見ていた紗和は、また額の中心が痛むのを感じた。

だが、今は痛みに反応する余裕がなかった。

しっかりと地に足をつけ、自らが望んだ事象の結末を、自らの責任として見守らなければならないと思っていたから。

「え……？」

ところが次の瞬間、突然、夜刀に灯っていた黒い焔が消えた。

不思議に思って紗和が常盤を見上げると、常盤は紅く濡れた瞳を細めて、夜刀を指さしていた手を下ろした。

「ど、どうして……？」

「俺の一存でこいつを消し去るならいいが、このままでは紗和にまで余計な業を背負わせることになるからな」

そう言うと常盤は、紗和の背中に手を添えた。

紗和は、いつの間にか額に玉のような汗をかいていた。

握りしめていた拳を開くと、手の甲には爪が食い込んだ痕が残っている。

「優しい紗和は、自分が望んだために夜刀が消えれば、たとえ相手が消えてもおかしくはないようなゴミでも、この先、その事実を抱え込んで苦しむだろう？」

常盤は、爪痕が残る紗和の手を、自分の手でそっと優しく包み込んだ。

その手の温かさに、紗和は心の底から安心感を覚えた。

（常盤は、私のことを思って、夜刀を燃やすのをやめてくれたんだ）

「常盤……ごめんなさい。それと、ありがとう。常盤の言う通り、私……たぶん、覚悟したつもりでも、足りなかった」

紗和が素直に自分のふがいなさを認めると、常盤はまた愛おしそうに紗和を見つめた。

「紗和が謝る必要はない。俺は、紗和の心に、俺以外の男の存在が刻まれることが許せなかっただけだ」

冗談のようにも聞こえるが、まごうことなき本心だろう。

紗和は、常盤の大きな手を握り返すと、小さく笑った。

（私を見初めてくれたのが、常盤でよかった――）

「や、や、夜刀……？」

朝雲の震え声が聞こえる。

ハッとして紗和が夜刀に目を向けると、そこには一匹の黒い蛇が丸まっていた。

「妖力が尽き、人型を維持できなくなって、蛇の姿に戻ったのでしょう。気絶しているだけで、生きております」

確認した小牧が、冷静に報告した。

そして小牧は「念のため」とつぶやくと、ぽんっ！　と出した瓶の中に、蛇になった夜刀を閉じ込めた。

「う、ぐ……っ。ハッ⁉」

と、蓋を閉めたタイミングで蛇の夜刀が目を覚ました。

瓶の中に閉じ込められた夜刀は、とぐろを巻きながら周囲を睨みつけていた。

「な、なにしやがる！　今すぐここから俺を出せっ！」

妖力が尽きて蛇になっても、偉そうな態度は変わらない。

呆れた紗和は小牧から瓶を受け取ると、ガラス越しに夜刀のことを睨み返した。

「夜刀さん、瓶から出してほしいのなら、条件があります」

「条件だぁ？」

「柚様との結婚を取りやめてください。あなたは、柚様の結婚相手にふさわしくありません」

紗和が断言すると、夜刀はシャー！　とガラス越しに紗和を威嚇した。

「ハッ！　俺たちの結婚は政略的なもんだ。そう簡単に、取り消せるものじゃねぇんだよ！」

夜刀がそう言った直後、紗和の手から、夜刀が閉じ込められた瓶がヒョイッと取り上げられた。

「ゲッ！」

取り上げたのは、常盤だ。

常盤は瓶をゆらゆらと揺らしながら、どこからか出したインスタントカメラで、瓶に閉じ込められている夜刀を激写した。

「テ、テメェ、なに撮ってんだよ！」

「お前の命を、賭けの材料にすればいい」

「は？」

「柚様と結婚するくらいなら死を選ぶと、親たちに宣言しろ。今回燃やしてみて、お前にはそれなりの高貴な血が流れていることは、よくわかった。その血を残すのが蛇族の総意なら、柚様との結婚よりも、お前の命のほうが優先されるはずだ」

　常盤に詰められた夜刀は、悔しそうに目を吊り上げた。

「結婚させられるくらいなら俺は死んでやる！　なんて、そんなガキみたいにみっともないこと、言えるわけが――」

「言え。そうしなければ、今日の醜態を幽世（かくりよ）中に触れ回るからな」

　夜刀の言葉を遮（さえぎ）った常盤は、先ほど写真を撮ったカメラを見せつけた。

　あやかし界でも高貴な一族として知られている蛇族の次期当主候補の男が、現世にいる邪血妖に散々痛めつけられた挙句、妖力が尽きた状態で瓶の中に閉じ込められた。

　そんな醜態が幽世（かくりよ）中に知れ渡れば、それこそ蛇族の威信にかかわる。

　夜刀は次期当主候補から外され、一族からは白い目で見られることになるだろう。

「わ、わかったよ。言えばいいんだろ、言えば！」

　叫んだ夜刀に、常盤は「約束は守れよ」と告げると、瓶を朝雲に向かって放り投げた。

腰を抜かしたまま固まっていた朝雲は、夜刀入りの瓶を危なげなくキャッチした。

「妖力が失われたのは一時的なものだ。しばらくすれば自分で瓶を割って出られるだろう。その状態であれば、おひとり様のご料金のままでご宿泊できますが、如何なさいますか？」

常盤は、ニッコリと営業スマイルを見せた。

対する朝雲は、「ヒ、ヒィィイイィ！」と悲鳴を上げると、夜刀入りの瓶を持って吾妻亭から出ていった。

「あーあ、クレームの対象になるかもしれませんよぉ」

稲女が呆れたようにつぶやく。

「あの様子なら、クレームなんて考える余裕もないんじゃないかい」

阿波は事態が収束したのを見て、さっさと持ち場に戻っていった。

「お客様のお料理は、一名分キャンセルだな」

「あ、でも、こういう場合ってキャンセル料とかどうなるんですか？」

「こちらにも主人がお客様を燃やしたという不備があるので、今回はご請求なしにしようかと思います」

仙宗、義三郎、小牧の三人は、冷静にこのあとの対応について話し合っていた。

「あとは……あの男が覚悟を決めるだけだな」

と、そう言った常盤は、紗和と手を繋ぎ直した。

常盤が言う〝あの男〟とは、翠のことだろう。

柚への恋心を自覚した翠は妖力を覚醒させ、吾妻亭を出ていった柚のことを追いかけていった。

「ふたりは今、どこにいるんでしょうか」

「そんなに心配なら、捜しに行こうか」

朝雲が帰ってしまったせいで、本日紗和が担当する予定のお客様はゼロになった。

（ううん、ゼロじゃない。だって私は、柚様の部屋担当なんだから）

「私は、ふたりを捜しに行きたい」

そう言うと紗和は、真っすぐに前を向いた。

隣に立っている常盤は、ニッコリとほほ笑んだ。

「紗和は、ふたりはどこにいると思う？」

「どこって、それは――」

どこだろう。柚はどこに行くとも言わずに出ていってしまったし、そんな柚を追いかけていった翠も、どこにいるのかわからない。

（でも、翠さんは柚様が行きそうな場所に向かったはず。だけど、柚様が行きそうな場所ってどこだろう）

と、少しの間考え込んでいた紗和は、ハッとして常盤を見上げた。

「も、もしかしたら、あそこかも！」

紗和が思い出したのは、柚がまとう鮮やかな本紫色だった。

ここ、鎌倉がある湘南の地には、この時期には柚がまとう色と同じ、神秘的で美しい本紫色に染まる場所があるのだ。

「では、俺が花嫁殿を、そこまでお連れしよう」

「ひゃっ⁉」

次の瞬間、常盤が紗和の体を抱えた。

突然お姫様抱っこをされた紗和は、反射的に常盤の肩に手を回した。

直後、常盤の体ごと、紗和の体も宙に浮く。

そのままふたりは光の中に吸い込まれ、吾妻亭から姿を消した。

六泊目　江の島の夜と重なる想い

「さて、着いたぞ」

柚と翠を捜すため、吾妻亭を出た紗和と常盤がやってきたのは、江の島だった。

江の島は鎌倉のお隣、神奈川県藤沢市にある人気の観光地だ。

島全体が美しい景観と歴史的な背景を持ち、海水浴や散策、グルメなど、多種多様な楽しみ方ができる場所。

「紗和は、どうしてここにふたりがいると思ったんだ？」

抱きかかえていた紗和を下ろした常盤は、不思議そうに尋ねた。

「柚様がまとう本紫色を思い出して――鎌倉と湘南の街を思い浮かべたときに、〝色〟が合致したのが江の島だったの」

そう言うと紗和は、目の前にある青銅の鳥居を見上げた。

鳥居の先には、江の島弁財天仲見世通りがある。

さすが夏の江の島というだけあって、多くの人で賑わっていた。

「本紫色と江の島が、どうして合致したんだ？」

また、不思議そうに常盤が尋ねた。

紗和は小さくほほ笑むと、江の島弁財天仲見世通りのずっと先を見つめた。

「今の時期、夜は江の島が華やかにライトアップされる〝江の島灯籠〟が開催されているでしょう？　前に柚様が仲居の仕事をやりたがったときに、勉強のためにって鎌倉の情報誌を見ていたことがあったんだけどね……」

そっと目を閉じた紗和は、瞼の裏に、そのときのことを思い浮かべた。

『紗和、これはなんじゃ。江の島が、色鮮やかに染まっておる』

柚が広げた情報誌には、この夏の一推しイベントという題名で、江の島灯籠が紹介されていた。

江の島灯籠の開催期間中は、その名の通り、灯籠の優しく幻想的な光が、江の島一帯を包み込む。

灯籠だけでなく、ライトアップも見どころのひとつだ。

夜になるとその美しい光景を一目見ようと、たくさんの人が江の島を訪れた。

柚は、その情報誌に掲載されていた一枚の写真――本紫色にライトアップされた島内の写真を見て、瞳をキラキラと輝かせていた。

「柚様は、ライトアップとかイルミネーションというものを知らなかったみたいで。すごく興味を持っていたの」

『まるで妖術のようで面白いな。一度はこの目で見てみたい光景じゃ』

その柚の言葉と、本紫色に染まった夜の江の島。そして柚がまとう本紫色が、やけに鮮明に紗和の脳裏に蘇ってきたのだ。

「そういうわけで私は、もしかしたら柚様は江の島に来ているんじゃないかなって思ったんだけど。よくよく考えたら、まるで根拠のないことを言ってるよね。ここまで連れてきてくれたのに、無駄足になっちゃったらごめんなさい」

話しているうちにだんだんと自信がなくなってきた紗和は、困り笑いをして頬をかいた。

今、紗和が言った通り、ここへ来たのは紗和の勘で、確証があるわけではない。

とはいえ、それなら柚はどこへ行ったのかと聞かれても、他に思いつく場所は限られていた。

（一之進さんのカフェとか、あとは前に百日紅を見に行った寺院とか？）

そちらから先に見に行くべきだったかもしれない。

それとも、大人しく吾妻亭で待っているほうが合理的だっただろうか。

「俺は、思いがけず紗和と江の島デートができそうで、浮かれているんだが」

と、不意に、常盤が予想外のことを口にした。

紗和が弾かれたように顔を上げると、常盤は紗和を見て悪戯な笑みを浮かべてみせた。

「紗和が吾妻亭に来て随分経つが、こうして、ふたりきりで現世に出かけたのは今回が初めてだろう？」

いつもは余計なアレコレがついてくるから――と言葉を続けた常盤は、戸惑う紗和の手をそっと掴んだ。

「だから、これは無駄足なんかじゃない。紗和の選択は、絶対に間違っていないさ」

断言した常盤は、紅く濡れた瞳を優しく細める。

とくん、とくん、と紗和の鼓動は脈を打ち、その瞳から目をそらせなくなった。

繋がれた手は、やっぱりとても温かい。

反射的に握り返せば、心の中に渦巻いていた迷いが晴れていくような気がした。

「……ありがとう。常盤の言葉は、いつも私に勇気をくれるね」

言葉だけじゃない。常盤がそこにいるだけで、紗和は前を向いて歩き出すことができるのだ。

「そうだよね。ここまできたら自分の勘を信じて、行動してみるしかないよね」

深呼吸をした紗和は、常盤を見て勝ち気に笑った。

そして、常盤とは繋いでいないほうの手を胸に当てると、心の中で式神(しきがみ)の小栗の名を呼んだ。

「紗和しゃま、僕になにかご用でしゅか？」

ぽんっ！　と軽快な音を立てて、小栗が現れた。

「突然呼び出してごめんね。小栗くんに、頼みたいことがあるんだ」

「頼みたいことでしゅか？」

「うん。小栗くんには、今すぐ吾妻亭に戻ってほしいの。それで、もしも柚様と翠さんが吾妻亭に戻ってくるようなことがあれば、私たちに報告してくれるかな？」

そうすれば、すれ違いは防ぐことができる。

紗和はついでに、吾妻亭でなにかトラブルが起きたら、自分たちを呼び戻してほしいと小栗に頼んだ。

「小栗くん、よろしくね」

「アイアイサーでしゅ！」

くるんと宙で回った小栗は体を白い光に変えて、吾妻亭があるほうへと一直線に飛んでいった。

（とりあえず、これで私たちは思う存分、柚様と翠さん捜しに集中できる！）

心の中でガッツポーズをした紗和は、常盤と繋いでいる手に力を込めた。

「時間が許す限り、ふたりを捜してみよう！　あ……でも、これじゃあデートにはならないかな？」

紗和が常盤を見上げながらおそるおそる尋ねると、常盤は楽しそうに笑って頷いた。

「花嫁殿の仰せのままに」

――そうして、紗和と常盤は柚と翠を捜すために、江の島島内を歩き回った。

江の島弁財天仲見世通りに、江島神社、江の島島内の有名どころ、お店での聞き込み。ありとあらゆる場所を見て、捜し続けた。

「や、やっぱり、江の島にはいないのかな？」

気が付くと夕刻が迫り、あたりは暗くなり始めていた。

江の島を捜し始めて、早一時間半以上。

残念ながら、紗和と常盤は、ふたりを見つけることはできずにいた。

江の島島内の階段を上り下りしていた紗和の足腰も限界に近い。

（暗くなればなるほど、ふたりを捜すのは難しくなっちゃうし）

「一度、作戦を練り直したほうがいいかな？」

紗和は呼吸を整えながら、常盤に尋ねた。

すると常盤はそばにある灯籠（とうろう）に目をやり、

「いや、散々歩き回ったおかげで、ふたりを捜すための火種は作れた」

と、意味深なことを言うと、自身の人差し指に黒い焔（ほむら）を灯した。

「火種って、どういうこと？」

もう一度紗和が尋ねると、常盤はそばにある灯籠に、焔が灯った人差し指を向けた。

「え――……」

次の瞬間、灯籠の明かりが妖しく揺れた――ような気がした。

その揺れは隣の灯籠、さらにその隣の灯籠、さらにそのまた隣の灯籠と、次々に伝染していく。

（あれ？）

しかし、道行く人の中で、灯籠の明かりの変化に気づいた人はいなかった。

「と、常盤、今、なにしたの？」

「灯籠の本来の明かりと、俺の焔を一時的に入れ替えているんだ」

「どういうこと？」

「そうすることで、島中の灯籠を通してふたりの気配を探れるようになる。だが、俺とは無関係の灯籠に焔を灯らせるには、ひとつひとつの灯籠に火種を宿していく必要があったので、準備に時間がかかってしまった」

つまり常盤は紗和と江の島島内を歩き回りながら、その火種とやらを島内の灯籠にバラまいてきたらしい。

「現世的な用語を使って言うと、一時的に俺の焔が江の島島内にあるすべての灯籠を

〝ジャック〟できるようになるんだよ」

「江の島島内にあるすべての灯籠(とうろう)をジャックする⁉」

驚いた紗和が声を上げると、常盤は小さく頷いてから目を閉じた。

「大丈夫だ。俺の焔(ほむら)は、ただの人には視(み)ることはできないから、これから俺がすることに気づく者はほぼいないだろう」

珍しく、常盤がこめかみに汗をかいている。

(夏だし、歩き回って暑かったからかな?)

と、紗和が首を傾げたら、常盤が閉じたばかりの目を静かに開いた。

「今、ようやく、すべての灯籠(とうろう)に焔(ほむら)が行き届いた。では、一気に行くぞ――……」

常盤が、手のひらをそばにある灯籠(とうろう)にかざした。

すると、ふたたび灯籠(とうろう)の明かりが妖(あや)しく揺らめいた。

その揺らめきは先ほどよりも大きく、力強く感じられる。

(すごい、綺麗……)

揺らめきは一カ所にはとどまらず、すぐに島内一帯の灯籠(とうろう)に広がった。

「見つけた――‼」

しかし、常盤の紅い瞳が見開かれた瞬間、灯籠(とうろう)の揺らめきが消えた。

我に返った紗和があらためて灯籠(とうろう)を見たときには、すでに元通りの明かりに戻っていた。

すべては、一瞬の出来事だった。

妖（あや）しい揺らめきが完全に消えたあと、常盤は灯籠（とうろう）に向けていた手を下ろして、深く長い息を吐いた。

「と、常盤、大丈夫？」

紗和の気のせいかもしれないが、常盤は今、明らかに疲れているように見える。

肩で息をする常盤を見るのは初めてだ。

心配した紗和が常盤の顔を覗き込むと、常盤は力なく笑ってみせた。

「心配をかけてすまない。千基近くある灯籠（とうろう）に、一気に焔（ほむら）を灯したので、妖力をかなり消費してしまった」

そう言うと常盤は、もう一度深く長い息を吐いた。

「だが、おかげで〝見つけた〟ぞ」

「え……」

「ふたりは紗和の予想通り、江の島にいた」

紗和は、思わず目を大きく見開いた。

そんな紗和を見て、常盤は繋いだままの手に力を込めた。

「場所を移動されては厄介だ。ふたりのところまで、一気に飛ぼう」

「と、飛ぶって、ひゃあっ⁉」

次の瞬間、ふたたび紗和の体が白い光に包まれた。

気が付くと、紗和は江の島の〝ある場所〟の前まで飛んできていた。

「ここって……」

〝江の島サムエル・コッキング苑〟だ。目の前には江の島のシンボルのひとつとも言える、江の島シーキャンドルがあった。

「ふたりは、シーキャンドルの屋外展望フロアにいる」

「この上に、ふたりが？」

「ああ、間違いない。ここまで来たら、覚醒した翠殿の妖気を肌で感じることもできる」

紗和と常盤は、江の島シーキャンドルを見上げた。

（この上に、柚様と翠さんが……）

ここまで来たら、躊躇わずに行くしかない。

「常盤、行こう！」

そうして紗和は常盤とともに、江の島シーキャンドルの屋外展望フロアに向かった。

途中まではエレベーターに乗り、エレベーターを降りたあとは階段を上った。

階段を上ると、ふたりを待ち受けていたのは三六〇度が見渡せる、パノラマビューだった。

遮るものがない景色は圧巻で、思わず息を止めて見惚れてしまいそうになる。

（あっ……！）

と、そのとき。

紗和の目が、ずっと捜していた柚と翠の姿を捉えた。

「ゆ──……」

紗和は反射的に、柚の名を口にしようとした。

けれどすぐに、ふたりのただならぬ空気を感じて、口を噤んだ。

「柚様、こちらを向いてください」

代わりに、口を開いたのは翠だった。

とっさに身を隠した紗和と常盤は、物陰からふたりの様子を窺った。

「柚様、私の声が聞こえていますか？」

翠の問いかけに、柚は反応しなかった。

柚は、広い海を眺めていた。しかし、その背中はいつもよりも小さく見え、今にも闇の中に消えてしまいそうだ。

「柚様がこちらを向いてくださらないのであれば、私が柚様のそばまで行きます」

「それ以上は近寄るなと言うておるじゃろう！　翠は付き人なのに、主人である柚に逆らうのか⁉」

柚が力いっぱい叫んだ。

けれどその声は、周りにいる人たちには聞こえていない。

（そっか……。ふたりは今、人に視えるように化けていないんだ）

つまり、今のふたりの姿が見えるのは、紗和と同じ〝視える人〟だけというわけだ。

視えなければ、声を聞くこともできない。

周囲の反応を見るに、紗和と常盤以外には、ふたりは視えていないようだった。

「では、どうかこちらを向いてください」

懇願するように言った翠と柚の間には、二メートルほどの距離がある。

「嫌じゃと言うておる。翠は、どうして柚を捜しに来たのじゃ。この夏が終われば、柚と翠は一緒にはいられないのに。これ以上、翠が柚に尽くす必要などないのだぞ」

夏風に運ばれて耳に届いた柚の声は、かすかに震えていた。

紗和の胸がギュッと締めつけられる。

気が付くと、紗和は祈るような気持ちで常盤の手を握りしめていた。

「翠も聞いただろう。柚は夜刀のもとへと嫁げば、子を産むだけの道具となる。柚はこれ以上、情けない姿をお前に見られたくはない。翠だけには……絶対に見られたくないのじゃ」

そう言うと柚は、自分の体をかき抱いた。

声だけでなく、肩も小さく震えている。

こんなに弱弱しい柚を見るのは初めてだった。

「あの男に、私は柚様を渡しません」

不意に、力強い声が聞こえた。

ハッとした紗和が翠に目を向けると、翠は本紫色の瞳を、柚へと真っすぐに向けていた。

「柚様は、私にとってなによりも大切なお方です。これまでは、柚様があの男と結婚して幸せになれる可能性があるならと自戒していましたが、私は愚かでした。私は、柚様をあの男には――いえ、他の誰にも渡したくないのです！」

力いっぱい叫んだ翠は、足を一歩前へと踏み出した。

柚が、反射的に振り返る。

驚いた表情で翠を見つめる柚の瞳には、常盤がまとう色と同じ、綺麗な透明の涙が滲(にじ)んでいた。

「す、翠、お前……その妖力は、どうしたのじゃ」

「どうやら覚醒したようです」

「邪血妖の妖力覚醒じゃと？」

「はい。柚様は、邪血妖の妖力が覚醒する条件は、ご存じですよね」

翠はそう言うと、柚の目の前で立ち止まった。

「す、翠が言っていることの意味が、柚にはわからぬ」

「では、わかるまでお伝えします。柚様がわかってくださるまで、何度でも——私は柚様のことを〝愛している〟と、伝え続けます」

翠の真っすぐな告白に、紗和は歓喜の声を上げそうになって、どうにか堪えた。

自分が告白されたわけではないのに、心臓の音がうるさい。

紗和は逸る気持ちを精いっぱい落ち着けながら、柚の返事を待った。

「私は、柚様のことを心から愛しております。それに気づいたから、妖力が覚醒したのです」

「な……っ」

「柚様を幸せにするのは、他でもない私がいい。私がこれまで柚様にしていただいた以上に、柚様を愛し、幸せにしたい。私は柚様の、一番の味方でいたいのです」

翠が言い切った直後、月の光に照らされた柚の顔が赤く染まった。

「さ、先ほどから、翠は柚をからかっておるのか⁉」

「からかってなどおりません。私がこのような冗談は言えないことを、柚様は一番よくわかっているでしょう」

そう言うと、翠は穏やかな笑みをたたえた。

柚の瞳から、涙の雫が一筋、頬を伝ってこぼれ落ちた。

「ゆ、柚は、他の男との結婚が決まっておるのじゃぞ……？」

「では、今から私が柚様を攫いますす」

「柚を、攫う？」

「はい。どんな手を使ってでも、生涯をかけて幸せにすると誓います。だからどうか、私に攫われてください。そして、これから先の未来でも、ずっと私の隣で笑っていてください」

また、柚の瞳から涙がこぼれ落ちた。

次々と落ちる涙を、翠は愛おしそうに指でぬぐった。

「柚様、愛しております」

もう一度口にされた告白は、これまでで一番、深い慈愛に満ちていた。

そっと手を伸ばした柚が、翠の左胸に手を当てる。

「いつの間に、そんなに生意気になったのじゃ」

「申し訳ありません」

「だが、そんな翠も――……柚は存外、嫌いではないぞ。ハハッ。柚も、翠のことが好きじゃ。大好きじゃ」

そう言うと柚は、翠をゆっくりと見上げた。

その目には柚らしい強い光が戻っていて、ふたりを見守っていた紗和の目からも涙がこぼれた。

「よ、よかったぁ」

「ハァ。泣いている紗和も推せるな……」

「お、推さなくていいよ」

「推すなと言われると、余計に推したくなる。紗和はやはり、男心——いや、俺の愛の重さを、もっと学んだほうがいいな」

楽しそうに言った常盤は、紗和の後頭部に手を回して抱き寄せた。

「その泣き顔、見ていいのは俺だけだ」

耳元で、甘い吐息交じりに囁かれる。

それが不思議と心地がよくて、また、紗和の目からは幸せの涙がこぼれた。

（ああ、もう。私ってば、柚様と翠さんに影響されたのかな）

「常盤。私も、常盤のことが——」

ところが、紗和が常盤に今の自分の想いを伝えようとした瞬間、

「では、柚様。私とともに、どこかへ姿をくらましましょう」

思いもよらない不穏な言葉が耳に届いて、紗和は常盤の胸に寄せていた顔を離した。

「ああ、そうじゃな。もはや、それしか我らには道が残されていないのかもしれぬ」

「ちょ、ちょ、ちょっと待ってくださいっ‼」

紗和はとっさに叫んで物陰から飛び出した。そして柚と翠に向かって腕を伸ばした。

その瞬間、柚と翠だけでなく、その場にいる全員の視線が紗和に向いた。

やってしまったと思っても、あとの祭りだ。

今、紗和は誰もいない空間に向かって叫び、手を伸ばして固まっている怪しい女。

「え、あの女の人、誰に言ったの？」

「ちょっと待ってとか言ってなかったか？」

「そう聞こえたけど、あの人が手を伸ばしたほうには誰もいないよ？」

「あそこにいるイケメン、あの人の彼氏じゃね？　フラれてテンパったとか？」

「ありえる。もしかして、メンヘラ系彼女かな？」

「まぁ、いっか。ライトアップ始まるし、あっちを見に行こうぜ」

「うん、そうしよう～」

近くにいた高校生カップルに、気味悪がられてしまった。

（もはや涙も一瞬で引っ込んだよ）

ガックリとうなだれた紗和は、しばらく静止したまま動けなかった。

「――と、いうわけで。柚様と翠さんは、駆け落ちする必要はないんです」

その後、場所を移動した四人は、江の島島内にあるベンチに座ると、あらためて膝を突き合わせて話をした。

また周囲の人に紗和が怪しまれると面倒なので、柚と翠も人に化け、周囲の人々になじんでいる。

「まさか、柚が吾妻亭を出ていったあと、そのようなことがあったとは驚きじゃ」

「念のため、〝無様な黒蛇の瓶詰姿〟を収めたカメラは、柚様にお渡ししておきましょう」

そうしておけば、もしも夜刀が約束を破った際には、柚から直接脅しをかけられるようになるという常盤の冷静な判断だった。

「まぁ、あのゴミは相当プライドが高そうなので、自分の名誉を守るためにも約束は果たすとは思いますが」

「恩に着る。紗和と常盤殿には、どれだけ礼をしても足りぬな」

カメラを受け取った柚は、そう言うとベンチに座ったまま頭を下げた。

「本当に、ありがとうございます」

続いて翠も頭を下げる。

紗和はあわててふたりに頭を上げてくださいと頼んだが、ふたりはしばらく頭を上げることはなかった。

「それで、おふたりはこれからどうされるおつもりですか？」

お礼タイムが落ち着いたあと、今後のことについて切り出したのは常盤だった。

「政略結婚がなくなったとはいえ、おふたりに身分の差があるのは変わりません」

「ちょ、ちょっと常盤！　そんな言い方――」

「紗和さん、いいのです。常盤様が仰ったことは事実なので問題ありません」

あけすけな物言いに待ったをかけた紗和を、翠が穏やかに止めた。

実際、常盤の言う通り、柚と翠の今後は前途多難だ。

それを一番よくわかっているのは、翠と同じ邪血妖である常盤だった。

「たしかに、強大な妖力が覚醒したとはいえ、邪血妖である翠を認めて受け入れる蛇族は少ないだろう」

蛇族のように純血を重んじる一族にとって、翠や常盤のような存在は、簡単には認められるものではないのだ。

その上、中には邪血妖でありながら、自分たちよりも強い妖力を持つ翠のことを、疎ましく思う者もいるだろう。

「この先、柚と翠が結婚しようとすれば、様々な問題が立ちはだかることになるだろうな」

呆れ交じりに言った柚に対して、紗和はおそるおそる手を挙げた。

「おふたり揃って、現世に来てしまうことはできないのですか？　もちろんその場合、柚様は家を出ることになるとは思うのですが」

紗和からすれば、しがらみだらけの古い考えを押しつけてくる場所など、さっさと捨てたほうがいいと思ってしまう。

「すみません。幽世（かくりよ）のことをよく知りもしないのに、口出しをして……」

「いや、紗和の言うことはもっともじゃ。だが、もう少しだけ、柚は翠とともに答えを模索してみようと思う」

ひとりではなくふたりで答えを探すと言い切った柚に、紗和は清々しさを感じた。

（やっぱり柚様は聡明で、気高くて、思いやりにあふれた優しい女の子だ）

ふたりならきっと、どんな問題も乗り越えていける。

この一ヶ月、そして今日のふたりを見た紗和は、自然とそう確信した。

「では、そうと決まれば、吾妻亭に戻って作戦会議をするとしよう」

そう言うと柚が立ち上がった。

続いて翠も立ち上がり、紗和もあとを追うように立ち上がろうとした。

「え……」

ところが、その紗和の腕を常盤が掴んで止めた。

「常盤、どうし――」

〝どうしたの？〟と言いかけた紗和は、とっさに口を噤んで言葉を呑み込んだ。

紗和の腕を掴む常盤の手が、驚くほど冷たかったのだ。

見た目にはわからないが、紗和の目に映る常盤は、いつもよりも覇気がないように思えた。

「紗和、どうしたのじゃ？」

「も……申し訳ありません。柚様と翠さんは、先に吾妻亭に戻っていていただけますか？　私は常盤と江の島で、やらなければいけない仕事ができてしまったので」

もちろん嘘だ。しかし紗和は精いっぱい平静を装って、ニッコリと笑ってみせた。

「急ぎの仕事であれば、柚と翠も手伝うぞ？」

「いえ、大丈夫です。簡単なことですし、私たちだけで十分手が足りますから」

「そうか……。では紗和の言う通り、柚たちは先に吾妻亭に戻るとするか」

「小牧様に、おふたりは仕事をされてから戻るとお伝えしたほうがよろしいですか？」

「翠さん、ありがとうございます。お願いしてもいいですか？」

紗和がそう言ってほほ笑むと、柚と翠は頷き、吾妻亭に戻っていった。

ふたりの姿が完全に見えなくなったのを確認してから、紗和はあわててもう一度常盤に目を向けた。

「常盤、大丈夫？　具合が悪いの？」

紗和が尋ねると、常盤は小さく笑ってから、紗和の肩に頭をのせた。

「はぁ……」

「ちょ、ちょっと。常盤、本当に大丈夫⁉」

「ああ……問題ない。ただの燃料切れだから、しばらくすれば動けるようになる」

「燃料切れ？　って、もしかして、妖力が切れたってこと？」

紗和が尋ねると、常盤は力なく頷いた。

「正確には、妖力が切れる寸前、だな。今は、紗和を抱いて吾妻亭まで飛ぶ力も残っていない」

だから常盤は、柚と翠とともに吾妻亭に戻るのを止めたのだ。

「柚様か、妖力が覚醒した翠さんに頼めば、私たちも一緒に連れ帰ってくれたんじゃない？」

「妖力切れなど、あのゴミと同じだと思われるのは嫌だった」

そう言うと常盤は、目を閉じたまま眉根を寄せた。

常盤が言う〝あのゴミ〟とは、もちろん夜刀のことだろう。

「ふたりは、そんなふうには思わないでしょ」

「それでも、知られるのが嫌だったのだから、しょうがない」

拗ねたように言ってため息をついた常盤は、なんだか小さな子供のようだった。

紗和は、胸の奥が少しだけくすぐったくなる。

（柚様と翠さんに妖力切れを知られるのは嫌だったけど、私には知られてもいいって思ってくれてるってことだよね？）

滅多に弱さを見せない常盤が、紗和には弱さを見せてもいいと思ってくれたことが、紗和はとても嬉しかった。

常盤の妖力が切れた原因は、間違いなく江の島島内にある灯籠（とうろう）、約千基に同時に焔（ほむら）を灯したことだろう。

（もしかして、その前に夜刀とやり合ったのも関係してるのかな？）

考えてみればたしかに、常盤がここまで連続して黒い焔（ほむら）を使うところを、紗和は常盤と再会してから初めて見た。

「……情けない。今はこうして、人に化けているだけで精いっぱいだ」

紗和の肩に頭を預けたまま、またため息をついた常盤は、なんだか少し可愛くも見えた。

「でも、人に化けるのも妖力を使うんでしょ？　だったらもう化けるのもやめて、充電に集中したほうがいいんじゃない？」

紗和が常盤の頭にコテンと頬を預けて言うと、常盤は突然、紗和の手を握りしめた。

「それじゃあ、デートにならないだろう」

「ふふっ。まだデートに拘ってたんだ。私はべつに、視えない常盤と散歩するのも平気だよ」

「ダメだ。俺は――紗和を、〝誰もいないところにはなしかけてるヘンなこ〟だと、絶対に誰にも言わせない」

「え……」

常盤のその言葉を聞いた瞬間、また紗和の額の中心がピリッと痛んだ。

〝誰もいないところにはなしかけてるヘンなこ〟

それは紗和が幼少期に、紗和と同い年くらいの子供たちに、何度も言われた言葉だった。

「どうして、常盤がそれを知って――」

と、そのとき、ふたたび額の中心に痛みが走った。

その痛みはどんどん深くまで広がり、紗和の記憶の奥底で鍵をかけられた〝なにか〟の扉をゆっくりと開いた。

扉が開いた瞬間、頭の中に勢いよく、当時の記憶が映像として流れてきた。

その感覚は、以前にも常盤との記憶を思い出したときと同じで……

常盤の頭から頬を離した紗和は、薄く開いた唇から震える息を吐き出した。

「お、思い出した……！」

「思い出した？」

「そう、そうだよ……。私、子供のころ、常盤と一緒にお祭りに行ったんだ！」

「え……」

「それでっ、そのときの常盤は、まだ人に化けることができなくて。私、そのお祭りで、迷子になったんだ。だけど常盤が私のことを見つけてくれたんだよね……。ようやく、そのときのことを思い出せた！」

　すべて言葉にしたら、紗和の目からは涙が一筋、頬を伝ってこぼれ落ちた。

　頭を持ち上げた常盤も、驚いた表情で紗和を見ている。

　紗和は常盤が繋いでくれた手を、しっかりと握り返した。

「そのお祭りのあと、常盤はすぐにどこかに行っちゃって。私はその日の夜、常盤のことが心配で、ずっと眠れなかったんだよ」

　紗和の言葉を聞いた常盤は、声を詰まらせたあと、どうにか冷静さを保ちながら口を開いた。

「あ、あのときは、本当にすまなかった。あの祭りの日に、俺は紗和への恋心を自覚して、妖力が覚醒したんだ」

「お祭りの日に？」

「ああ。でも、当時の俺は幼すぎて、強大すぎる妖力をまるで制御できなかった」

妖力が覚醒してすぐに紗和と手を繋いだ際、紗和の手に火傷を負わせかけたのだ。

このままでは紗和だけでなく、紗和の両親まで傷つけてしまうかもしれない。

そうなることを恐れて、常盤は紗和のもとを去ったのだった。

「紗和と結婚の約束をしたのも、そのときだ」

「え？」

「俺が家を出ると告げたら、五歳の紗和は嫌だと泣いて……。俺は、そんな紗和に、

〝今は一緒にいられなくても、いつかまた必ず、一緒に過ごせる日が来る〟と言った」

そして常盤は、さらに続けて紗和に誓ったのだ。

「紗和が大きくなったら、迎えに来るよ。だから……そのときはどうか、俺のお嫁さんになって――と」

結婚の約束の過程を知らされた紗和は、思わずゴクリと息を呑んだ。

覚えている。いや、思い出した。

常盤にそう言われて、まだ五歳だった紗和が、なんと返事をしたのかも。

今、ようやく思い出した。

「〝わかった。ぜったいの、やくそくだからね！〟」

「――……っ」

「私、常盤にそう言った。だって、常盤のことが大好きだったから……。常盤のお嫁さんになって、常盤のそばにいられるんだって思ったら、嬉しかったの」

また、紗和の目から涙が一筋こぼれ落ちた。

同時に、常盤の紅く濡れた瞳からも涙がこぼれる。

「でも、そのあとに、私のお父さんとお母さんが事故で亡くなって。私は鎌倉を出て、静岡に住む静子叔母さんに引き取られて、静岡に引っ越すことになった」

当時のことを思い出したら、苦しくて、たまらなくなる。

両親を失ったことによるショックと喪失感、そして絶望。

そう考えると、以前、常盤が言っていたように、紗和は本当に両親の死を思い出すのがつらくて、常盤との記憶に蓋をしていたのかもしれない。

『かわいそうに。お前は――……〝ひとりぼっち〟だ』

そのとき、耳の奥で誰かの声がこだました。

紗和は思わず常盤と手を繋いでいないほうの手を耳に当てたが、もう一度声が聞こえてくることはなかった。

（今の声は、誰の声なの？）

その声には聞き覚えがないはずなのに、どうしてか紗和は胸の奥がズキズキと痛んで、無性に苦しくてたまらなくなった。

「ね、ねぇ、常盤。私と常盤は、私が鎌倉を出ていくときには会ってはいないの？」

どくん、どくん、と、心臓は不穏な音を立てている。

紗和の問いに、常盤は苦しげに眉根を寄せたあと、まつ毛を伏せた。

「ああ。そのときもまだ、妖力を十分に制御できていなくて。俺は、紗和の気配が離れるのを感じて、あわてて式神の小栗を作ったんだ。そして、鎌倉を出る電車に乗った紗和に侍らせ、遠くから見守ることしかできなかった」

そのあと、常盤は約十七年もの間、小栗越しに紗和のことを見守り続けた。

しかし小栗越しに見ていた紗和は、常盤について話すどころか、常盤の名を口にすることすら一度もなかった。

「そのうちに、紗和は俺のことなど忘れているのではないかと不安に思うようになった。いや、実際に忘れられていたのだから俺の予想は当たっていたわけだが」

そう言うと常盤は、苦笑いをこぼした。

結果的に、二十二歳になった紗和が鎌倉を訪れ、空き巣に襲われた弾みで常盤の名前を口にするまで、常盤は紗和に会いに来ることができなかった。

「ただ、ひとつだけ、解せないことがあるんだ」

「解せないこと？」

「紗和が空き巣に襲われたとき、俺はすぐに紗和のもとへと駆けつけようと思った。

それなのに結界のようなものに邪魔されて、飛んでいくまで妙に時間がかかってしまった」

なぜ、無事に駆けつけることができたのかといえば、紗和が常盤の名前を口にした途端に、その結界のようなものが消え、隔たりがなくなったためだという。

「あれがなんだったのかは未だにわからないままだが、あれ以来一度も出現しないので、調べようにも調べることができずにいるんだ」

難しい顔をした常盤は、考え込む仕草を見せた。

（常盤の言う通りなら、私は鎌倉を出るときには常盤とは会っていないのは間違いないよね）

また、額の中心がピリッと痛んだ。

なにかが、そのときのことを思い出すのを邪魔している。

まるで今、常盤が口にした結界のように――

思い出すことを邪魔して、なにかを隠しているように思えた。

「紗和、まだなにか、気になることがあるのか？」

「う、ううん。大丈夫……だと思う。だって常盤との思い出は、全部思い出したはずだから……」

常盤と初めて出会ったときのことも、常盤とお祭りに行ったときのことも、常盤と結婚の約束をしたときのことも思い出した。

それ以外にも、常盤とともに過ごしたいくつかの記憶を思い出せた。

(だから、これ以上、不安に思うことなんてないはずなのに……)

どうしても今、〝なにか〟が喉に刺さった魚の骨のように引っかかって、気になって仕方がなかった。

「紗和、本当に大丈夫か？」

「う、うん。いろいろ思い出して、記憶が混乱してるだけだと思う！」

努めて明るく言った紗和は、常盤を見てほほ笑んだ。

「それより常盤、妖力はどう？　少しは元に戻った感じする？」

「ん？　ああ、多少は戻りつつあるな。あと三十分もあれば、ほとんど戻るはずだ」

「そっか。それならよかった！」

また、元気よくそう言った紗和は、ゆっくりと立ち上がった。

「紗和、どうした？」

「ちょっと喉が渇いたから、飲み物を買ってくるよ」

「それなら、俺も一緒に――」

「ううん、大丈夫！　常盤は妖力を戻すことに集中してて！　たしか、あっちのほうに自販機があったはずだから、そこまで買いに行ってくるね」

「あ、紗和――……」

紗和は、それ以上は聞こえぬふりをして、足早にその場を立ち去った。

そのまま人ごみをすり抜けながら歩き続け、サムエル・コッキング苑の入口付近まで戻ってきた。

そこまで来て、紗和は気が付いた。

(私、お財布を持ってきてなかった)

仕方がない。仕事中に夜刀とのことがあり、そのまま柚と翠を捜しに来たのだから。

紗和は、踵を返して常盤のもとへと戻ろうとした。

けれど回れ右をした拍子に、奥へと続く開けた道があるのを見つけた。

そこには人が多く集まっていて、なんとなく惹き付けられた。

気が付けばすっかり日が落ちていて、あたりは灯籠の幻想的な光に包まれていた。

「ねー、あそこの展望デッキ、めっちゃいいよね」

「たしかに、かなり見晴らしがよかったな」

すれ違いざまに聞こえたカップルの声に導かれるようにして、紗和は展望デッキへと歩を進めた。

「わぁ、すごい……」

江の島は見る場所がいろいろあるので、こんなところにも眺望の素晴らしいポイントがあることに気づけなかった。

相模湾を一望できるその場所は、居心地もよく、ゆったりと景色を眺めることができた。

双眼鏡まで設置されている。ベンチにはカップルや夫婦が座っていて、ロマンチックな雰囲気に包まれていた。

(い、今、ひとりでここにいたら、ちょっと寂しい奴だと思われるかな)

景色を眺めていたはいいが、なんとなく気まずくなってきた。

結局、紗和は五分もしないうちにその場を去ろうとした。

ところが、紗和が観念して常盤のもとへと戻ろうとしたら、

「すみません、今、少しお時間よろしいですか?」

突然、誰かに呼び止められた。

反射的に足を止めた紗和は、声をかけてきた人のほうへと振り返った。

「え……」

次の瞬間、紗和は自分の目を疑った。

そこにいたのは常盤と雰囲気のよく似た、背の高い男性だったのだ。

髪は銀髪で、着ているのは着物ではなく洋服だ。しかし常盤のように、〝人並み外れて〟整った容姿をしている。

（ひ、ひょっとして、人に化けたあやかし？）

そう考えた紗和は思わず身構えたが、男がまとう色を視て、「ひっ！」と小さな悲鳴を上げた。

「突然呼び止めてしまって、すみません」

そう言った男がまとう色は、紗和が一番苦手な濡羽色だったのだ。

それだけでなく、濡羽色が虫のように蠢いている。

全身の肌が粟立ち、顔から血の気が引いていく。

今すぐ逃げるべきかもしれない――と、紗和が逃げ腰になったら、

「もしかして、ご気分を害されましたか？」

まとう色とは真逆の穏やかな声色で、男が申し訳なさそうに頭を下げた。

「え……あ、あの」

「僕、友人と鎌倉観光に来たんですが、はぐれてしまって。それで、なにか、このあたりで目印になるような待ち合わせ場所があれば、教えてほしいなと思ったんです」

言葉の通り、困った様子でそう言った男は、ごく普通の大学生のようにも見えた。

雰囲気も決して荒っぽさはなく、紗和がこれまで見てきた濡羽色をまとう人やあやかしとは、似ても似つかぬ空気感を持っている。

「あなたの服装を見て、島内にあるお店の従業員さんかもって思って声をかけたんで

すけど、僕の勘違いでしたか？」

だとしたら本当にすみません——と言葉を続けて頭を下げた男は、やはりどう見ても危険人物には見えなかった。

（やだな、私。初対面の人をオーラの色で判断するのはやめようって思ってるのに）

また、つい癖でやってしまった。

反省した紗和は恐怖心を押し込め、精いっぱいの営業スマイルを顔に張り付けた。

「申し訳ありません。私は江の島ではないのですが、鎌倉にある旅館で仲居として働いております」

今、紗和は吾妻亭の仲居着を着ている。

これも財布を持っていないのと理由は同じで、仕事中に、柚と翠を捜しに来たせいだ。

「それで、先ほどのご質問の答えなのですが、待ち合わせならすぐそこにある、サムエル・コッキング苑の入口なんていいかもしれません」

江の島の地図で探せばすぐにわかるだろう。

わからなくても、それこそ島内のお店で働く人に聞いたら教えてくれるはず。

「なるほど。ありがとうございます！　本当に助かりました！」

紗和の提案を聞いた男は、嬉しそうに瞳をキラキラと輝かせた。

やっぱり悪い人ではなさそうだ。

あらためて自戒した紗和は、もう一度営業スマイルを顔に張り付けた。

「江の島、素敵なところなので楽しんでくださいね」

そうして頭を下げて、その場を立ち去ろうとしたのだが、

「あ、少し待ってください」

「え？」

また引き留められた紗和は、ゆっくりと振り返った。

次の瞬間、男が伸ばした指が、紗和の額の中心に触れた。

指はすぐに離れたが、紗和は一瞬、呼吸の仕方を忘れそうになった。

「髪にゴミがついていたので。ほら、取れましたよ」

「ゴ、ゴミ……？　あ、ありがとう、ございます」

髪ではなく額に触れられたような気がしたのだが、思い違いだろうか。

紗和は自然と男と距離を取ったあと、男の指が触れた自身の額の中心に触れた。

（どうしてだろう）

以前にも、誰かに今と同じことをされた気がする。

そしてその指の感触は、今、目の前にいる男が紗和に触れた感触とよく似ていた。

「それじゃあ、またどこかでお会いできれば嬉しいです」

それだけ言うと男のほうは、踵（きびす）を返して行ってしまった。

ドクドクと心臓は早鐘を打つように高鳴っている。

気が付くと、紗和は男が消えたのとは反対方向に走り出していた。

また、先ほども聞いた声が耳の奥でこだまする。

『かわいそうに。お前は――……〝ひとりぼっち〟だ』

その声も、たった今、初めて会ったはずの男の声と、よく似ているような気がした。

「紗和？　そんなに急いで、どうしたんだ？」

結局、常盤のところまで、紗和は一度も足を止めることなく走り続けた。

おかげで着いたときには息が上がっていた。

こめかみに伝う汗をぬぐった紗和は、不思議そうに自分を見ている常盤に勢いよく抱きついた。

「ひとり……ぼっち」

「紗和？」

「いや。嫌だよ。もう、どこにも行かないで。私は、もう絶対にひとりぼっちになるのは嫌！」

常盤の胸に額をつけた紗和は、叫んでいた。

そんな紗和を、常盤は優しく抱き寄せる。

冷たかった手に温かさが戻っていることに気づいた紗和は、常盤に抱きしめられたまま、ゆっくりと顔を上げた。

「当たり前だ。俺は絶対に、紗和をひとりにはしない」

力強くも、優しくて、心地のいい声だった。

そのまま常盤は紗和が落ち着くまで、紗和の背中を撫で続けてくれた。

「ごめんね、常盤……」

「謝る必要はない。やはり、当時のことを思い出すのは、紗和の心には大きな負担だったんだろう」

そうなのだろうか。

両親が亡くなったときのことを思い出すと胸が苦しくなるのは事実なので、このときの紗和はそう思うことにした。

「常盤は、私のことを忘れないでいてくれて、本当にありがとう。それでね、私……常盤に、言わなきゃいけないことがあるんだ」

そこまで言うと、紗和は常盤の紅く濡れた瞳を静かに見つめた。

トクトクとリズムを刻む心臓は、もう随分前から、このときを待っていたような気がする。

「私、常盤との結婚を、もっとしっかり考えようと思う」

「も、もちろんそれは、子供のときにした結婚の約束を思い出せたからっていうのもあるけど。でも、私は、それ以上に……」

「え――」

一度言葉を止めたら、それ以上は話せなくなりそうだ。

常盤は、何度も何度もこの緊張感を超えて、紗和に想いを伝え続けてくれた。

だから紗和も、常盤の想いに応えたいと思った。

常盤に、自分の気持ちを伝えたいと思ったのだ。

ようやく――〝覚悟〟が決まったような気がしたから。

「私。常盤のことが、好きだよ」

幻想的な明かりに包まれながら、紗和は自分にハッキリと芽生えた想いを常盤に伝えた。

「ま、前に好きって言ったときは、まだそれが恋愛の意味でなのかどうか、自信がなかったんだけど。でも今は、ハッキリわかる。私は常盤のことが好きなんだって。私のことを好きでいてくれるのが常盤でよかったって思ったし、常盤のこと、他の誰にも渡したくないって思ってるし、これからも常盤には私のことだけ見ていてほしいって思ってる」

息継ぎも忘れて言い切ったあとには、行き場のない羞恥心(しゅうちしん)だけが残った。

告白なんて、二十二年間生きてきて初めてした。

だからこのあと、紗和はどういう顔をすればいいのかわからなかった。

「あ……。そ、そうだ。常盤は、私に大好きって言ってほしいんだっけ？　ごめんね、気が利かなくて。もちろん大好きって思ってる。それは言わされたとか、そういうわけじゃなくて、本当に大好きで。も、もっと上手に伝えられたらいいなって思うんだけど、いろいろ下手くそで、ほんとにごめんなさ――」

「紗和、愛している」

次の瞬間、紗和は今までで一番強く常盤に抱きしめられた。

常盤の心臓の音が、ハッキリと伝わってくるほど、体と体が密着している。

「と、常盤？」

「こんなに――。こんなに幸せな気持ちになることがあるんだな。紗和の想いは、しっかりと俺に伝わってきたよ」

そう言った常盤の声は、わずかに震えていた。

それを聞いただけで、紗和はどんなに不器用でも、常盤に想いを伝えてよかったと心から思えた。

（好きな人が、私の言葉で幸せな気持ちになってくれる。それがまた私は幸せで、まるで〝幸せ〟が、私たちの間を行ったり来たりしているみたい）

「ふふっ。常盤、大好き。これからも、こうやってたくさん抱きしめてね」

紗和が常盤の背中に手を回して胸元に頬をすり寄せると、突然常盤が紗和の体を引き離した。

「常盤、どうしたの？」

「紗和……頼むから、それ以上、俺を煽らないでくれ」

「え？」

「ちょっと、手に負えないくらい可愛すぎる……。紗和は自分が思ってる以上に、デレたときの破壊力がすごいということを、いい加減自覚してくれ」

顔を両手で覆った常盤は、悩ましげな息を吐いた。

江の島を包み込む鮮やかな光が、常盤の輪郭をとても綺麗になぞっている。

きっと、同じように紗和も光の中にいるのだろう。

今、この景色をふたりで見られることが嬉しい。

そう思うのもきっと、紗和が常盤を〝好き〟だからこそに違いない。

「ふふっ。常盤もだいぶ、可愛い感じだったけどね」

「俺が、可愛い？」

「うん。妖力が限界近くまで減って落ち込んでるところ、なんだか可愛いなって思っちゃった」

そう言うと紗和は、クスクスと楽しそうに笑った。

そんな紗和を、常盤は恨めしそうに見ていた。

「ふぅ」と短く息を吐いた常盤に、多少の冷静さが戻ってくる。

相変わらず楽しそうに笑い続ける紗和を見て、常盤は意地悪く笑ってみせた。

「それを言うなら、俺もひとつ気が付いたことがあるな」

「気が付いたこと？」

「紗和は、自分の想いを伝えようと必死なときは、すごく饒舌になる」

「えっ⁉」

「さっき気が付いたことだ。必死に俺に想いを伝えようとする姿が愛おしくて、いじらしくて、たまらなくて……。俺は島内にいる男、全員の目を潰すべきか本気で迷った」

もう一度顔を両手で覆った常盤は、先ほどよりも強めの悩ましげな息を吐いた。

「いやいやいや、怖すぎるよ。というか、そんなことしたら、また妖力がなくなっちゃうんじゃないの⁉」

「もはや本望だ。しかし妖力が尽きたら、吾妻亭に紗和を連れ帰れなくなるからダメだな」

「ひゃっ⁉」

次の瞬間、常盤が紗和の膝裏に腕を回して、紗和を抱きかかえた。

驚いた紗和が短く悲鳴を上げると、常盤はまた意地悪に笑った。

「吾妻亭ではなく、今日はこのまま屋敷に連れ帰るのもありだな」

冗談のようだが、冗談とも言い切れないのが恐ろしい。

ここで紗和が屋敷に連れ帰ってと言ったら、常盤はもう二度と、紗和を外へは出さずに屋敷に閉じ込める可能性すらある。

「なしです。まだ、今日のお仕事が残ってますから」

紗和がほんのりと顔を赤く染めながら言うと、常盤は一瞬目を丸くしたあと破顔した。

無防備なその笑顔は常盤が紗和にしか見せないもので、紗和はその事実がどうしようもなく嬉しかった。

「ハハッ、紗和の言う通りだな。それじゃあ、ふたりで吾妻亭に帰ろうか」

チェックアウト

「このたびは、随分と世話になったな。吾妻亭には心より感謝申し上げる」

太陽が空高く輝く夏が終わると、鎌倉には紅葉が街を美しく彩る季節がやってくる。

約二ヶ月前、吾妻亭を訪れた際に持っていた荷物を手にしている柚は、今日も高貴な空気をまとっていた。

「こちらこそ、大変お世話になりました。お客様である柚様と翠さんにお手伝いまでさせてしまって、本当に申し訳ありませんでした」

吾妻亭の玄関にて、紗和はそう言うと頭を下げた。

顔を上げれば、そこには帰り支度を済ませた柚と翠が立っている。

ふたりとも、清廉さに磨きがかかったようにも思える。

紗和はまぶしく思いながら、ふたりを見てほほ笑んだ。

「紗和さんには、本当に多くのご助力をいただきました」

「いえ、そんなことありません。私はふたりのために、ほとんどなにもできなくて」

紗和が曖昧に笑うと、柚が首を小さく左右に振った。

「そんなことはない。今の我らがいるのは間違いなく紗和と——常盤殿。そして、吾妻亭の皆のおかげじゃ」

柚の言葉を聞いた紗和、そして紗和のそばに立つ常盤と、ふたりの後ろに控えている吾妻亭の面々は、柔らかな笑みを浮かべた。

「柚様、もったいないお言葉をくださり、本当にありがとうございます」

紗和はあらためて深々と頭を下げた。

するとそんな紗和の手を、柚がそっと優しく包んだ。

「柚はな、幽世に戻ったら、翠とともに正々堂々と戦うことを決めた」

それは昨夜、柚から聞かされていた〝ふたりの決意〟だった。

『これは、翠とよく話し合って決めたことじゃ。我らはいずれ、夫婦になりたいと思うておる。だが、現世ではなく、幽世で夫婦になるのじゃ。我らは我らの結婚が認められるまで、幽世にはびこる古い因習と、戦うことを決意した』

——そしていずれは、幽世が偏見や差別のない場所になるよう尽力するつもりだと、柚は語った。

「柚にその決意のきっかけをくれたのは、一之進殿や、雨路殿に晴子様、しずくといった、吾妻亭に来て出会ったすべての者たちじゃ。皆には、どれだけ感謝を伝えても足りぬ」

「柚様と翠さんなら、きっと叶えられると思います。私はふたりのことを心から応援しています」

柚の手をそっと握り返した紗和は、目に涙を浮かべながらほほ笑んだ。

「ありがとう、紗和。柚も紗和のことを、心より応援しておるぞ。紗和にはこの場所で、紗和にしかできないことがあると、柚は信じて疑わぬ」

「私にしかできないこと、ですか？」

「ああ。紗和なら、きっと見つけられる。いや……もう、その目と心で見つけているはずじゃ」

そう言うと柚は勝ち気な笑みを浮かべ、紗和の手をそっと放した。

紗和の胸の奥が熱くなる。

柚がまとう本紫色は、やはり鮮やかで、美しかった。

「では、翠、そろそろ行こうか」

「はい。皆様、本当にお世話になりました」

柚が差し出した手に、翠が自分の手を重ねた。

そのままふたりは白い光の中に、手を繋いだまま消えていった。

「……おふたりは新しい未来に向けて歩き出したのに、こんなことを思うのは変かもしれませんが、すごく〝寂しい〟です」

二ヶ月という期間を、紗和はあのふたりと過ごした。

ふたりが互いの気持ちに気づき、手を取り合い、未来に向かって歩き出したのは喜ばしいことだ。

それなのに、どうしても寂しく思ってしまう。

紗和は目に滲んだ涙を、手の甲でそっとぬぐった。

「ほら、しんみりしてる場合じゃないよ」

「そうそう。今日も新しいお客様がいらっしゃるんだから！」

仲居頭の阿波、稲女に声をかけられた紗和は、元気よく「はい！」と答えて頷いた。

「あ……でも、その前に、ひとつだけ皆さんにご報告したいことがあるんです」

紗和があらたまって言うと、阿波に稲女、義三郎に仙宗、小牧の五人が足を止めた。

「今、柚様にも言われたのですが。実は私、おふたりのことがあってから、私が吾妻亭でやれることはなんだろうって考えていました」

これまでの紗和は、ただなんとなく、吾妻亭で仲居として働いていただけだった。

自分がやりたいこともわからぬまま、ただなんとなく忙しい日々を過ごしてきた。

「でも今は、ひとつだけ。これなら私にもできるかもしれないということを見つけました」

そこまで言うと、紗和は自身の胸に手を当てた。そして一度だけ、隣に立つ常盤を見上げた。

紗和と目が合った常盤は、紅く濡れた瞳を優しく細めて力強く頷いた。

「実は私、あやかしが視えるだけじゃなくて、人の本質を色で視ることができるんです」

深呼吸をした紗和は、精いっぱいの勇気を振り絞って打ち明けた。

これまで、その事実は吾妻亭では常盤しか知らないことだった。

話したら、みんなにどう思われるのか。

現世で〝あやかしが視える〟ことを周りの人たちに怖がられてきた紗和は、〝自分が普通なら視えないものが視える〟ということを、他人に知られるのが怖かった。

（みんなにも、気持ち悪いとか変な奴とか、怖いって思われるんじゃないかと思ってたんだ）

だから、紗和は今日まで吾妻亭の者たちに言えずにいた。

「人の本質が色で視える？　ああ、その話なら、私は前から知っていたよ」

「……え？」

あっけらかんと言ったのは阿波だった。

阿波は驚いた紗和を見て、なにを今さらという顔をしている。

「紗和が吾妻亭に来て、その話を常盤様としていたときに、私は同じ部屋にいたじゃないか」

「あ……」

たしかに、言われてみればそうだ。

あのとき――けんちん汁を部屋まで運んできてくれたのは阿波で、たしかに阿波は部屋の隅に座って、存在感を消していた。

「それで言うと、自分も知っておりました」

「小牧さんまで⁉」

「常盤様と紗和さんの動向を、部屋の前に立って窺っておりましたので……。結果的に盗み聞きのような形になってしまい、本当に申し訳ありませんでした」

そう言うと小牧は紗和に向かって深々と頭を下げた。

「そ、そんな！　大丈夫なので、顔を上げてください！」

まさか、小牧まで知っていたとは思わなかった。

紗和は驚いたが、思い返せばたしかにあのとき、小牧は物知り顔で部屋の中に入ってきた。

「ちょっと～。阿波さんと小牧さん、そんなことを知ってたなら教えてくれたらいいのに！」

不満を述べたのは、稲女と義三郎だ。

「そうだよ〜。さわっぺってば、水臭いなぁ」

「バカサブ。嬢ちゃんには、嬢ちゃんなりの事情があってのことだろう」

義三郎の頭を、仙宗がペシン！　と軽快に叩いた。

「えー、でもさ！　それって、紗和にはその本質の色ってやつが、アタシたちのも視えてるってこと⁉」

稲女が、瞳をキラキラと輝かせながら尋ねた。

続いて義三郎も、

「それ、めっちゃ気になる！　オレの色は何色か、さわっぺ教えてよ〜！」

ふたりに詰め寄られ、紗和は目をパチクリと瞬いた。

「い、稲女さんは情熱的な深紅で、サブくんはまぶしい黄金色だよ」

ついでに言うと、阿波はおおらかな印象を受ける藤色。

花板の仙宗は、硬骨漢に見えて根は穏やかな人によく視る煤色だった。

「それで、小牧さんは知的かつ冷静な常識人によく視る、穏やかな月白色です」

紗和がそれぞれの説明をすると、五人は興味深そうに頷いた。

「なんか、普通にイメージ通りじゃない⁉」

「占いみたいな感じで面白いなー！」

特に瞳を輝かせたのは稲女と義三郎で、その反応を見た紗和の肩からは力が抜けた。

「あ、あの。変な奴とか、気持ち悪いとかは……思いませんか？」

紗和がおそるおそる尋ねると、五人は意味がわからないという顔をして首を傾げた。

「なんで、それくらいで変な奴になるのよ！」

「そ〜だよぉ！　さわっぺが変なら、オレたちはどうなっちゃうのさ！」

義三郎がケラケラと楽しそうに笑った。

紗和は胸の奥が熱くなって、もう一度指先で、目に滲んだ涙をぬぐった。

「み、皆さん、本当に、ありがとうございます」

嬉しい。普通じゃないことを、こんなにも簡単に受け止めてくれるなんて、思ってもみなかった。

「それで、その色で視える件が、なにかと関係してくるの？」

鋭い稲女が本題に切り込んだ。

反射的に姿勢を正した紗和は、もう一度大きく深呼吸をした。

――自分がやりたいことって、なんだろう？

考えて、様々な経験を通して学んだ紗和が、今、たどり着いた答えがある。

心を落ち着けた紗和は、あらためて前を向いて話し始めた。

「今皆さんにお話しした通り、私はこれまで、人の色が視えることを否定的に考えていました」

変な先入観を持ってお客様と接して、対応を間違えてしまったこともあった。

色が視えるせいで、〝これ以上は話しても無駄〟だと決めつけ、諦めてしまったこともいろいろある。

「でも、今、皆さんの反応を見て、今度こそ気持ちが固まりました。自分が周りと違っても、私はもう迷いません」

そこまで言うと、紗和は穏やかな笑みをたたえた。

「私、お客様の本質の色を視て、そのお客様に合った鎌倉の観光地を提案していきたいです」

顔を上げ、堂々と言った紗和は、太ももの横で拳を強く握りしめた。

「吾妻亭に来て、〝鎌倉の街を案内してほしい〟と言ってくださるお客様がたくさんいることに気が付いて。それなら私は鎌倉をただ案内するだけじゃなく、私なりの方法で、お客様をおもてなしできたらいいなって思ったんです」

『紗和は、自分の想いを伝えようと必死なときは、すごく饒舌になる』

ああ、やっぱり常盤は、紗和のことをよく見ている。

気恥ずかしくなった紗和は、赤くなった頬を隠すように少しだけ俯いた。

「私は鎌倉で――吾妻亭で、これからもお客様の笑顔を見たいです」

それが、今の紗和がやりたいことだ。

やれるかどうかは、まだわからないけれど。

『紗和には、この場所で、紗和にしかできないことがある』

柚のその言葉を聞いたら、今ここで宣言する勇気を持てた。

「じゃあ、紗和のことは、俺が笑顔にするよ」

と、ニコニコしながら言ったのは、常盤だった。

反射的に紗和が常盤を見上げると、常盤は相変わらず愛おしそうに、紗和のことを見つめていた。

「なるほど、ようやく〝覚悟〟が決まったようだね」

ニヤリと不敵な笑みを浮かべたのは阿波だ。

阿波が言う覚悟とは、もちろん〝紗和が常盤の花嫁として、吾妻亭の女将になる〟ことを指す。

「は、はいっ。覚悟を決めました！」

紗和が声を張り上げて答えると、阿波は今度こそ嬉しそうに顔をほころばせた。

「これから、また忙しくなるねぇ。仲居修業だけじゃなく、女将修業も始めないとね」

「阿波さんの女将修業、めちゃくちゃ大変そう〜。まぁ、愚痴くらいならいつでも聞いてあげるわよ、紗和」

阿波と稲女は腕組みをしながらそう言うと、颯爽とその場をあとにした。

「ついに常盤様とさわっぺがゴールインかぁ〜」

「サブ！　お前は一人前になるまで、結婚なんて夢のまた夢だからな！」

師弟コンビは腕まくりをしながら、厨房へと戻っていった。

「紗和さん、本当によろしいのですか？」

唯一、心配そうに尋ねたのは小牧だった。

常盤の紗和に対する愛の重さを誰よりも身近で見てきた小牧は、その重すぎる愛に、紗和が耐えられるのかを心配していた。

「今ならまだギリギリ引き返せるかもしれません」

「おい、小牧！　お前、俺の右腕なのに酷すぎるぞ……！」

常盤は吠えたが、小牧は真剣そのものだ。

小牧の眼差しを受け止めた紗和は、三度目の深呼吸をしてから力強く頷いた。

「常盤の愛を受け止められるのは、私しかいませんから」

真っすぐに前を向き、堂々と答える。

紗和の瞳の輝きを見た小牧は、長い尻尾(しっぽ)をゆらりと揺らしたあと、手の甲で眼鏡の縁を持ち上げた。

「たしかに、紗和さんの仰(おっしゃ)る通りですね。これからも、なにかあればいつでも私にお申し付けください。未来の女将(おかみ)を補佐するのも、主人の右腕である自分の役目ですから」

常盤と一番付き合いの長い小牧は、そう言うととても幸せそうにほほ笑んだ。

「では、自分も本日の業務に戻ります。……ああ、ひとつだけ。くれぐれも、仕事中は節度を持ったスキンシップを心がけてくださいね」

念を押すように言った小牧は、スマートにその場をあとにした。

残された紗和と常盤の間には、なんとも言えない甘酸っぱい空気が流れた。

「夢、ではないな」

「え？」

「いや、まだ、自分に都合のいい夢を見ているのではないかと心配になるだけだ」

視線の先の常盤は、そう言うと口元を押さえ、困ったようにほほ笑んだ。

(たった今、仕事中は節度を持ったスキンシップをって言われたばかりだけど)

頭ではわかっていても、その表情を見たらたまらなくなって……。

紗和は勢いよく、常盤の胸に飛び込んだ。

「さ、紗和!?」

「私は、もう絶対に常盤のことを忘れたりしないから！　これからもずっと、常盤の一番の味方だから！」

常盤の体を力いっぱい抱きしめながら紗和は叫んだ。

そんな紗和の体を、常盤は宝物を扱うように、そっと優しく抱きしめ返した。

「ありがとう。紗和、好きだよ。愛している」

また、ひとつ季節が終わると、新しい風が次の始まりを連れてくる。

鎌倉の街に佇む木々たちは衣替えの準備を始め、訪れる人々に感動と笑顔をもたらすのだ。

「しかし、本当に〝ようやく〟だな」

耳元で不穏な言葉を囁かれた紗和は、おずおずと声の主の顔色を窺った。

「今日から、ようやく念願のふたり暮らしだ。仕事が終わったら、ふたりで一緒に屋敷に帰ろう」

「お、お屋敷は吾妻亭の目と鼻の先だし、たしか今日は、仕事で遅くなるって言ってなかった？」

紗和が常盤に現実を突きつけると、常盤は紗和の額に自分の額を当ててため息をついた。

「ああ、そうだった。今日は現世で、あやかし対策委員の面々と、意見交換会という名の宴会の予定が入っているんだった」

あやかしと人の橋渡しをしている常盤は、吾妻亭以外での仕事も多い。

仕方のないことだし、常盤のことを紗和は誇らしく思っている。

でも、いざ、今日の夜は常盤がいないのだと思ったら、急な寂しさに襲われた。

「紗和も疲れているだろうし、先に寝ていていいからな」

「……よそ見をしたらダメだよ」

ぽつりと言った紗和は、上目遣いで常盤のことを睨んだ。

紗和に睨まれた常盤は、「うっ！」と唸って左胸を押さえると、力が抜けたようにうなだれた。

「もう、仕事に行きたくなくなった」

紅く濡れた瞳が恨めしそうに紗和を見る。

その瞳を見つめ返した紗和は、楽しそうにほほ笑んだ。

「いってらっしゃい」

ここは鎌倉にある、あやかし専門の幽れ宿。

普通の人には見つけられない不思議なお宿だ。

〝お客様、本日は、ようこそいらっしゃいました〟

吾妻亭では重すぎる愛を抱えた主人と、個性豊かな従業員たちが、お客様のお越しを笑顔でお待ちしております——

延泊　呪われた少女とお弁当

「紗和が大きくなったら、迎えに来るよ。だから……そのときはどうか、俺のお嫁さんになって」

五歳の紗和の手を取りながらそう言った彼の額には、二本の短い角が生えていた。

彼の名は、常盤という。

鎌倉の某所で倒れていたところを紗和が発見し、紗和と紗和の両親によって保護され、命の危機を脱した〝あやかしの少年〟だ。

少年に常盤と名付けたのも紗和で、ふたりは約一ヶ月間、鎌倉市にある紗和の家で家族同然に過ごした。

常盤と過ごした日々は、紗和にとっては宝物のように大切で、かけがえのない時間だった。

だからこそ、紗和は常盤が突然家を出ていくと言い出したときには驚き、悲しみ、混乱して、泣きながら引き留めた。

そんな紗和に常盤が言った言葉が、冒頭の台詞だ。

〝お嫁さん〟とは、つまり、父にとっての母のような存在のこと。

大きくなったら……大人になったら常盤と結婚できるのだと、紗和は幼いなりに解釈した。

常盤のことは、大好きだった。

あやかしだというのは関係ない。

大好きだからこそ、これからもずっと一緒にいたいと思っていた。

結婚すれば父と母のように、常盤と本当の家族になれるのだと考えたら、胸が躍った。

「わかった。ぜったいの、やくそくだからね！」

緊張した面持ちの常盤に対して、紗和はそう言うと満面の笑みを浮かべた。

今は一緒にいられなくても、いつかまた必ず会える。

大人になったら、今度こそずっと一緒にいられるのだと信じて——……

紗和は白い光の中に消えた常盤を、涙をぬぐって見送った。

＊　＊　＊

「ねぇ、おかあさん。さわは、あとなんかいねたら、ときわにあえる？」

常盤が紗和の家を離れてから約一週間。紗和は退屈な日々を過ごしていた。

「紗和ってば、毎日同じこと聞くんだから。常盤くんは、紗和が大人になったら会いに来るって言ってたでしょう？」

呆れたように母が笑った。

昨日も同じ質問をして、同じ答えを返されたばかりだった。

「じゃあ、あとなんかいねたら、おとなになれるのかなぁ」

まだ五歳の紗和には、自分が大人になるまでどれほどの年月がかかるのか、想像するのは難しかった。

常盤に『お嫁さんになって』と言われて浮かれていた。

だけど実際にお嫁さんになるまでには、随分と時間がかかるのだ。

「やっぱり、バイバイなんてしなきゃよかった」

居間の畳の上にゴロンと寝転びながら、紗和は思わず眉根を寄せた。

見上げた天井には、おばけの顔の形に似たシミがある。常盤とは今のように隣同士に寝転んで、そのシミを見て笑い合った。

そばにある柱には、紗和と常盤の身長を記録した跡が刻まれている。もう少し背が伸びたら、また背比べをしようねと話していた。

常盤がこの家にいたのは、たった一ヶ月。

されども、その一ヶ月の間にできた思い出は数多く、今はその思い出が、紗和を寂しさの渦に閉じ込めた。

「ときわにあいたいな……。ときわ、いまごろなにしてるんだろう」

常盤と離れ離れの現実を実感するほどに、気落ちしていく。

このままだと、常盤との別れ際のように紗和がまた泣き出してしまうかもしれない。

そう考えた紗和の母は、

「今日はお父さんがお休みだし、久々にドライブでも行こっか」

と、気分転換を提案した。

「うん、たまにはいいかもなぁ。今日は天気もいいし、絶好のドライブ日和だ」

「くるまにのって、おでかけするってこと⁉」

「そうだよ～。でも、ドライブだけじゃ紗和はつまらないかもしれないし、お母さん、今からお弁当作るから、どこかの公園でピクニックするのはどう？」

現金な紗和は「さんせいっ」と言って立ち上がると、母のそばに駆け寄った。

「さわ、しらすのおにぎりがいいっ！　あと、あまいたまごやきもっ」

「ふふっ、了解。それじゃあ、お弁当を作るの、紗和も手伝ってくれる？」

「うんっ！　さわ、おにぎりをにぎるのと、たまごをまぜるの、じょうずになったよ！」

母と一緒に台所に立って、大きめのお弁当箱に紗和の好物をたくさん詰めた。

父はその光景を眺めながら、レジャーシートや飲み物を車のトランクに積み込んだ。

「よーしっ、しゅっぱつしんこーう！」

そうして準備を終えた三人は、父が運転する車に乗って鎌倉の家を出た。

――ところが、家を出発して三十分が経ったころ。思いもよらない事態が起きた。

「おかしいな。天気予報は晴れだったのに、急に曇ってきちゃったな」

朝の晴天が嘘のように暗雲が垂れ込めてきたのだ。

「どうしよう、洗濯物を外に干しっぱなしにしてきちゃったわ」

父と母の悪い予感は見事に当たり、予想外の雨が降り出した。

雨はあっという間にフロントガラスを殴りつけるような強さに変わり、三人の心を絶望感で濡らした。

「こんなにあめがふってたら、おそとでおべんとうはたべられないよね……」

運転席に座る父と、助手席に座る母の表情は、後部座席に座っている紗和には見えない。

それでも今、ふたりが難しそうな顔をしていることは幼い紗和にも予想ができた。

この雨では外でレジャーシートを広げてピクニックをすることなど到底無理だ。

紗和は隣に置かれた保冷バッグを見て、肩を落とした。

保冷バッグの中には、母と一緒に作ったお弁当が入っている。

張り切って、おにぎりを十個も作ったのに。

このままでは外に出すことなく、家に持ち帰るはめになりそうだ。

「残念だけど、ピクニックは中止だな」

父がため息交じりにつぶやいた。

紗和は返事をすることができずに、膝の上で小さな拳を握りしめた。

「中止じゃなくて、延期にしましょう」

と、不意にそう言ったのは母だった。

「今日は残念だけど、また次のお休みにリベンジすればいいのよ。今度はもっと早起きして、お弁当のおかずもたくさん作りましょ！」

母は後部座席の紗和を振り返って笑みを浮かべた。

中止じゃなくて、延期になっただけ。

また次の機会があるのだと思ったら、沈んでいた紗和の心は簡単に浮上した。

「ねっ、お父さんも、それでいいでしょう？」

「ああ、いいね。それじゃあ今日は家に帰って、お母さんと紗和が作ってくれたお弁当を食べながら、次のピクニックに向けての作戦会議でもしようか」

「うんっ。さんせーいっ！」

紗和は座ったまま、元気よく両手を上げた。

明るい声を聞いた父と母は、前を向いたまま顔をほころばせた。

近くの路地に入って車をUターンさせた父は、たった今走ってきたばかりの道を引き返していく。

その間も、雨の強さが弱まることはなかった。横殴りの雨はガラス窓にぶつかり、霧のような飛沫を上げていた。

「ときわ、だいじょうぶかな……」

ぼんやりと外を眺めていた紗和は、車の揺れに眠気を誘われながら、常盤のことを想った。

どこかで雨宿りができているだろうか。ずぶ濡れになって、風邪を引いたりしないといいな。

やっぱり、早く常盤に会いたい。大人になるまでなんて、我慢ができそうにない。

ピクニックだって、本当は常盤も一緒に連れていってあげたかった。

お母さんと一緒に作ったおかずを——自分が作ったおにぎりを、大好きな常盤にも食べてもらいたかった。

「ふふっ。ときわは、きっと〝おいしいよ、ありがとう〟っていって、わらってくれるだろうなぁ……」

お腹がいっぱいになったらふたり並んでレジャーシートに寝転がって、青い空に浮かぶ雲がなにに似ているかを考えるんだ。

「きっと……すごく、たのしいよねぇ……」

気が付くと、紗和は眠ってしまっていた。

可愛らしい寝言を聞いた父と母は、信号待ちで互いに顔を見合わせ、幸せそうにほほ笑んだ。

——しかし、紗和の両親との記憶は、そのドライブが最後になった。

「ん……っ、あれ……？」

次に紗和が目を覚ましたときには、紗和は病院のベッドの上にいた。

お弁当が入っているはずの保冷バッグも、両親の姿も見当たらなかった。

「紗和っ⁉ 目が覚めたのね！ 今、看護師さんと先生を呼ぶからねっ！」

代わりに紗和の目に映ったのは、紗和の叔母(おば)で静岡に住んでいるはずの父の妹、静子の姿だった。

静子がナースコールを押すと、看護師や医師があわただしく紗和が寝ているベッドが置かれた病室内に入ってきた。

なにが起きているのか、紗和にはさっぱりわからなかった。

けれども、ふと病室から見えた空は青々と晴れていて――……

〝これならきっと、次の休みには三人でピクニックに行けるわね〟

笑顔でそう言う母の顔と、隣で頷く父の顔が思い浮かび、紗和は思わず顔をほころばせた。

＊　＊　＊

「このたびは、心よりお悔やみ申し上げます」

紗和が病院で目を覚ましてから数日後、紗和の両親の通夜と葬儀が執り行われた。

参列者のほぼ全員が紗和に同情の目を向け、ひとり娘を残して〝不慮の事故〟で命を落とした両親の死を悼んだ。

紗和の両親は、交通事故によって還らぬ人となった。

ピクニックを諦めて家に帰る途中、父が運転していた車がガードレールに突っ込んだのだ。

警察は、激しい雨による視界不良が原因であると判断した。

病院に運ばれたときには両親とも心肺停止の状態で、そのまま心拍が再開することはなかった。

そんな中、後部座席にいた紗和だけが無傷の状態で搬送された。

ただし、搬送当時の紗和は意識を失っていた。紗和が目を覚ましたのは事故が起きた翌日だったが、これまた幸いにも後遺症らしき症状も出ていなかった。

紗和だけが、なぜ助かったのか。それは誰が考えてもわからない、奇跡としか言いようがなかった。

「いや、事故に遭ってひとりだけ助かるなんて、やっぱりあの子がちょっと〝アレ〟なせいじゃないか？」

ところが一部の人たちは、奇跡を奇怪に置き換えた。

「たしかに、紗和ちゃんって、前から変なことを言う子だったものねぇ」

紗和が〝視える人〟だと知っている人たちだ。

彼らは両親が亡くなった事故は、紗和が特別な力を持っているせいではないかと囁き合った。

「うちの娘が、紗和ちゃんがなにもないところに話しかけているのを見たことがあるって言ってたのよ」

「ああ、それなら俺も見たことがあるぞ。あの子が急に指を差して笑い出したから、なにかと思って振り返ったら、そこにはなにもなかったんだよ」

幼い紗和は、あやかしが視えるのは普通じゃないということを知らなかった。

そのせいで、他の人には視えないあやかしの存在を、堂々と口にしてしまうことがあった。

同じく視える人だった両親に諭されても、似たような失敗を何度かした。

結果的に紗和は同年代の子たちからは『変な子』と言われて敬遠され、話を聞いた大人たちや、紗和がひとりで話しているところを見た人たちから気味悪がられていた。

「もしかして、あの子が変な力を使ったせいで、今回の事故が起きたんじゃないか？」

心ない声は、親戚の大人たちの間からも上がっていた。

ざわざわと蠢く暗い色を視ているのが辛くて、紗和は彼らから目をそらした。

「紗和は私が引き取って、責任を持って育てます！」

そんな中、たったひとりだけ、紗和のために声を上げてくれた人がいた。

叔母の静子だ。

静子は視える子である紗和を、親族の中で唯一、快く迎え入れてくれた人だった。

「紗和、私と一緒に、静岡に行きましょう」

静子がまとう色は、春のように温かな薄桜色だった。

紗和の母がまとっていたのと同じ色で、紗和は初めて会ったときから静子のことが好きだった。

「……うん。さわ、しずおかにいく」

そこからは、子供の紗和には追い付けないスピードで、いろいろなことが進んでいった。

両親を亡くして身寄りがなくなった紗和は静子に引き取られることになり、静子が住む静岡へと引っ越すことが決定した。

「大きな荷物をまとめて送る手配は済んだし、まだいくつかの手続きは残っているけど、こっちでやるべきことは大体終わったわ」

静子は紗和が生きていくための環境を、しっかりと整えてくれた。

住む人がいなくなったあとの鎌倉の家も、静子の提案で賃貸物件として貸し出すことになったので一安心だ。

――そうして紗和が、鎌倉を発つ日がきた。

その日の朝、紗和は、共に鎌倉の家で寝泊まりしていた静子よりも先に目を覚ました。

時刻は早朝四時を過ぎたころ。あと数時間後には生まれ育った家を出て、静岡へと向かわなければならない。

まだ寝ている静子を起こさないように布団から出た紗和は、フラフラとおぼつかない足取りで台所に向かった。

ダイニングテーブルのそばに置いてあるゴミ袋の中には、あの日、母とふたりで中身を詰めた、大きめのお弁当箱と泥汚れがついた保冷バッグが入れられていた。

お弁当箱は事故が起きたときに一部が割れて、もう二度と使えなくなってしまった。保冷バッグも底が破れて穴があいていたので、静子がゴミとしてまとめたのだ。

お弁当箱の中身と、紗和が作ったおにぎりは、どこに行ってしまったのかわからなかった。

「……おとうさんとおかあさんが、もっていったのかなぁ」

甘い卵焼きも、しらすのおにぎりも。

ふたりは残さず、食べてくれただろうか。

「おとうさん、おかあさん、かくれんぼはいつまでやるの？」

台所でひとり、問いかけた。

しかし、どれだけ待ってもふたりからの返事はなかった。

家の中はいつだって温かかったはずなのに、今は静かで、他所の家にいるかのようだ。

「ふ、え……っ」

目に涙が滲んだ紗和は、気が付くとパジャマのまま靴も履かずに、ひとりで家を飛び出していた。

そのまま、行く当てもなく周辺を歩き回った。

いや、捜していたのだ。

どんなときも自分を愛し、慈しんでくれた大切な家族のことを捜し続けた。

「お、おとうさん、おかあさん……っ。いま、どこにいるのぉ……っ。かくれんぼは、もうおわりにしようよぉっ」

一度あふれ出した涙は、止めようと思っても止まらなかった。

病院で静子から両親の死を聞かされたときも、ふたりの通夜のときも葬儀のときも、紗和は涙を流さなかった。

両親が亡くなってから、一度も泣いていなかったのだ。

それは、まだ五歳の紗和にとって死が身近ではなかったために、両親が死んだと言われても、それがどういうことかを本当の意味では理解できなかったからだった。

実感が湧かなかった。

いつも一緒にいた両親と——眠る前までは笑い合っていた両親とは、もう二度と会えないと言われても、納得ができなかった。

「おとうさん、おかあさん……。ときわ……っ、あいたいよ……っ」

早く、紗和を迎えに来て。本当は大好きな鎌倉を離れたくなんかない。

大人になって常盤が迎えに来てくれたら、今度こそ四人一緒に鎌倉の家で暮らしていけるものだと思っていた。

紗和は、心の中で何度も何度も助けを求めていた。

けれども今、父も、母も、常盤も、紗和の前に現れてはくれなかった。

「はぁ……はっ、はぁ」

どれくらい彷徨(さまよ)っていたのかはわからない。

気が付くと空は白み始め、あたりが薄明るくなっていた。

靴を履いてこなかったせいで足の裏は汚れて、擦り傷ができてしまっている。

傷に気がついたら、急に痛みを感じ始めた。

紗和はいつの間にかたどり着いていた公園の丸太椅子に座ると、こぼれ落ちる涙をパジャマの袖でそっとぬぐった。

「もう、いいかい……」

ぽつりとつぶやいても、当然返事などあるはずもない。

早朝の公園はとても静かで、まるで異世界に迷い込んだような不気味さがあった。

頬を撫でる風も残酷で冷たい。

紗和は、ようやく気が付いた。

両親は、かくれんぼなんてしていない。

大好きだった両親は、もうどこにもいないのだ。

紗和がどれだけ捜しても、見つけることはできない。

なぜなら両親は、紗和を残して死んでしまったのだから――……

「さわ……ひとりぼっちになっちゃった」

ふたたびつぶやいた紗和は、膝の上で握りしめた小さな拳に力を込めた。

常盤も、まだ大人になっていない紗和を迎えに来てくれることはない。

紗和はひとり、孤独の中を彷徨(さまよ)っていた。

「みーつけた」

そのときだ。突然、頭上から声が降ってきた。

驚いた紗和は弾かれたように顔を上げると、思わず息を呑んで目を見張った。

「とき、わ？」

視線の先には、常盤とよく似た顔の男が立っていた。

頭にも、常盤と同じ二本の短い角が生えていて、瞳の色も常盤と同じ紅(くれない)色だった。

「ときわっ！」

足の痛みも忘れて立ち上がった紗和は、狩衣(かりぎぬ)をまとった男の腰に抱きついた。

「おいっ、気味が悪いから僕に触るな！」

ところが男はそう言うと、自身の体に回された紗和の腕を掴んで、乱暴に引きはがした。

「ひゃっ！」

反動でよろけた紗和は、たった今まで座っていた丸太椅子に、ストンとお尻をのせた。

紗和の腕を掴んだ男の手は氷のように冷たくて、黒く長い爪は紗和の腕に小さな切り傷を残した。

「ときわじゃ、ない」

常盤の手はこんなふうに冷たくはないし、紗和を見る目も、もっともっと優しかった。

「あ……っ」

次の瞬間、あらためて男のまとう色を視（み）た紗和は、恐怖で声を失った。

男は夜の闇より濃い、濡羽（ぬれば）色をまとっていたのだ。

それだけでなく、男がまとう濡羽（ぬれば）色は、虫のように蠢（うごめ）いていた。

こんな色は、これまで一度も視（み）たことがない。

本能的に紗和の肌は粟立って、顔から血の気が引いていった。

「不愉快だから、二度とアイツと見間違えるな」

吐き捨てるように言った男の髪色は、黒髪の常盤とは違った神秘的な銀色だ。

やはり、この男は常盤ではない。似ているのは顔立ちだけで、髪の色も背の高さも見た目の年齢も、まとう色も雰囲気も体温も、声すらも――なにもかもが、常盤とは違っていた。

「あ、あなた、だぁれ？」

震える声で尋ねると、男は紗和を見下ろしながら、嘲（あざけ）るように鼻で笑った。

「名乗ったところで意味がない。なぜならお前はこれから、ここで起きたことも、すべて忘れてしまうのだから」

その言葉の意味を理解できずに、紗和は訝しげに眉根を寄せた。

「恨むなら、あの忌々（いまいま）しい邪血妖を恨むんだな。アイツが二度も僕に逆らわなければ、お前の両親が死ぬこともなかった」

「え……」

そこまで言うと男は、紗和と視線を合わせるように跪（ひざまず）いた。

紅く濡れた瞳には、今、紗和だけが映っている。

〝アイツ〟とは、一体誰のことを言っているのだろう。

紗和の両親の死と、男の言う〝アイツ〟が、どう関係しているのだろうか。

「かわいそうに。お前は――……〝ひとりぼっち〟だ」

「ひとり、ぼっち？」

聞き返した瞬間、視界が濡羽（ぬれば）色に染められた。

幼い紗和を見つめる瞳は、深い孤独に囚われていた。

そのまま、一秒、二秒、三秒と紗和が目をそらせずにいると、男が左手をゆっくりと持ち上げた。

「あ……」

その瞬間、紗和は男の左手の甲に黒い火傷痕のようなものがあるのを見つけた。

反射的に手を伸ばし、小枝のように細い指で男の左手の甲にある火傷痕に触れる。

「お、おにいちゃん。ここ、いたい？　だいじょうぶ？」

紗和が尋ねると、男は一瞬動きを止めた。

しかしすぐに我に返って、紗和の手を払いのけた。

「ひゃっ」

「触るなと言っただろう！」

勢いよく立ち上がった男は荒れた呼吸を必死に整えた。

そして鋭い目で紗和を睨みつけると、

「愛など、この世のどこにも存在しない」

そう言って骨ばった人差し指で、紗和の額の中心に触れた。

「え――……」

次の瞬間、紗和の目の前は男がまとう色と同じ濡羽（ぬればね）色に染められた。

どくん、どくん、どくん。心臓が不穏な音を立て始める。

「お前の中にある、アイツにかかわる記憶のすべてを封印する。もちろん、今日ここで起きたことも含めて、お前はすべてを忘れてしまう」

「わす、れる？」

額の中心に触れた冷たい指の先から、なにかが紗和の全身に広がった。だんだんと、意識が遠くなっていく。それはまるで、両親との最後のときを過ごした車内と同じような感覚で、とても恐ろしかった。

「い、いやだ……。さわ、わすれたくないよ……」

「ハッ！　すべて、アイツが悪いんだ。アイツが生まれてさえこなければ、僕もお前も、〝ひとりぼっち〟にはならなかった」

――ひとりぼっち。

男の声が、何度も何度も耳の奥でこだまする。

「アイツが僕から大切なものを奪ったように、僕もアイツの大切なものを、すべて奪ってやろうと決めたんだ」

ぐらぐらぐら、視界が揺れる。

「これは呪いだ。この呪いを解く方法はひとつだけ。お前がふたたび、アイツを心の底から愛することだが――お前に、それができるかな？」

恐ろしい孤独の底にある濡羽色（ぬればいろ）が、紗和の全身を包み込んだ。

男の声と紗和の意識は、それを最後にプツリと途切れた。

「紗和っ！　ああ、よかった……！　起きたら紗和がいないから、本当に心配したのよ！」

「しずこ、さん……？　さわ、どうしてここにいるの……？」

そうして、紗和が静子に保護されて目を覚ましたときには、紗和は常盤に関するすべての記憶をなくしていた。

なぜ、自分が今、公園で倒れていたのかも。

ここで誰と会い、なにが起きたのかも、すべてを忘れてしまっていた――……

＊　＊　＊

「はい、常盤。お弁当作ったんだけど、よかったら食べてね」

暑かった夏が終わり、木々が色づく秋の気配を感じ始めたころ。

鎌倉市内での仕事のために、朝早くから吾妻亭を出発しようとしていた常盤を、紗和は玄関で引き留めた。

「お弁当？　まさか、紗和が俺のために作ってくれたのか？」

紺色の保冷バッグを受け取った常盤は、それと紗和を交互に見た。

紗和はほんのりと頬を赤く染めながら、照れくさそうに視線をそらした。

「今日は一日かかる仕事だって、小牧さんに聞いたから。それで、迷惑じゃなければと思って作ってみたんだけど……」

「迷惑なはずないだろう！　絶対に食べる、嬉しい！」

「きゃっ⁉」

食い気味に言った常盤は、紗和の体を抱きしめた。

「紗和も今日は仕事なのに、俺のために時間を割いて作ってくれてありがとう」

「ふふっ、どういたしまして。常盤、今日もお仕事頑張ってね。吾妻亭から応援してる」

そう言うと紗和は、常盤の胸板に頬を寄せた。

常盤の腕の中は温かくて安心する。

対する常盤は紗和の頭に自身の口元をすり寄せると、熱く甘い息を吐いた。

「ああ、ダメだ。紗和のことが好きすぎる。紗和は、俺をどれだけ夢中にさせたら気が済むんだ」

「もう。常盤は大袈裟だってば。でも、常盤に好きになってもらえるのは、嬉しいよ。ありがとう」

「う……っ。紗和、今日は仲居の仕事は休んで、俺に同行してくれないか？　それか俺が休んで、このまま紗和を連れて屋敷にこもることにしようか……」

常盤のつぶやきを聞いた紗和は、

「それって結局、どちらにせよ私は仕事をお休みしなきゃダメじゃない」

と、呆れたように小さく笑った。

「屋敷にこもって、昼になったらふたりで紗和が作ってくれたお弁当を食べよう」

「はいはい、冗談言ってないで、ほら、お仕事！　いってらっしゃい。私も、そろそろ今日のお客様をお迎えする準備をしなきゃ」

常盤の体を押し返した紗和は、常盤が着ている着物の襟をそっと撫でた。

「ハァ、そうだな。そろそろ行かなくては。紗和、お弁当、本当にありがとう。大切に食べるよ」

心底残念そうにため息をついた常盤だったが、紗和が渡してくれた保冷バッグを大事そうに持ち直した。

「常盤の口に合うといいんだけど。おすすめは、しらすのおにぎりと、甘い卵焼きだよ」

笑みを浮かべながら口にした。

しかし言葉にしたら、紗和は胸の奥がチクリと痛むのを感じた。

どちらも子供のころに、今は亡き母と一緒に作ったことがあるものだ。

あの鎌倉の家の台所で、ふたり並んで作った思い出の味。

「しらすのおにぎりも甘い卵焼きも、紗和の大好物だな」

「え……」

と、不意にそう言った常盤に驚いて、紗和は俯きかけていた顔を上げた。

「なんで、常盤が知ってるの？」

「五歳の紗和が教えてくれたことだ。どちらも紗和のお母さんから作り方を習った、紗和の得意料理でもあると言っていたな」

そう言うと常盤はそっと目を細め、紗和の髪を優しく撫でた。

「いつか食べてみたいと思っていたから、本当に嬉しいよ。紗和のお母さんが作る料理はどれもおいしかったから、そのお母さんに料理を習った紗和が作るものも絶対においしいに決まっている」

「常盤……」

紗和は思わず言葉を詰まらせた。

当時のことを、常盤はすべて大切な記憶として覚えてくれているのだ。

紗和のことだけでなく、鎌倉の家で一緒に過ごした、紗和の父と母のことも……

紗和だけじゃない。常盤もすべて、覚えていてくれた。

「ありがとう、常盤。大好きだよ」

そう言うと紗和は目に滲んだ涙を隠すように、もう一度常盤の背中に腕を回した。

やっぱり温かい。その温度と鼓動の音が、いつだって紗和に安心感を与えてくれる。

「俺は紗和を愛しているよ」

柔らかな声が耳の奥でこだました。

どんなときも愛をくれる常盤のことを、紗和はなによりも大切にしたいと強く思った。

Nekosawa Hutayo
ねこ沢ふたよ
拾ったのが本当に
猫かは疑わしい
道端で拾ったのは、
喋る猫モドキでした。
アルファポリス
第6回ライト文芸大賞
大賞
受賞作
晩酌大好き
へりくつ
オヤジっぽい
でも……
たまに頼りになる?
七年付き合った彼氏に振られた帰り道、黒い塊を拾った薫。シャワーを浴びせ綺麗にしてみると、その黒い塊は人語を喋る猫であった。薫は、自分のことを猫だと言い張るヘンテコ生物をモドキと名付け、一人と一匹の奇妙な共同生活がスタートする。さらにある日、モドキがきっかけで、猫好きな獣医学生の隣人、柏木と交流が始まり——やたらオヤジ臭い猫(?)に助言をもらいつつ、どん底OLが恋愛に仕事に立ち向かう。ちょっぴり笑えて心温まる、もふゆるストーリー。

迦国あやかし後宮譚

かのくにあやかしこうきゅうたん

1〜4

著 シアノ

皇帝が選んだのはあやかし憑きの少女!?

アルファポリス
第13回
恋愛小説大賞
編集部賞
受賞作

迦国あやかし後宮譚
シアノ
4
後宮に波乱を呼ぶのは高国からの側室候補!?

妾腹の生まれのため義母から疎まれ、厳しい生活を強いられている莉珠（りじゅ）。なんとかこの状況から抜け出したいと考えた彼女は、後宮の宮女になるべく家を出ることに。ところがなんと宮女を飛び越して、皇帝の妃に選ばれてしまった！　そのうえ後宮には妖（あやかし）たちが驚くほどたくさんいて……

◉1〜3巻定価：726円（10％税込み）
4巻定価：770円（10％税込み）

◉Illustration：ボーダー

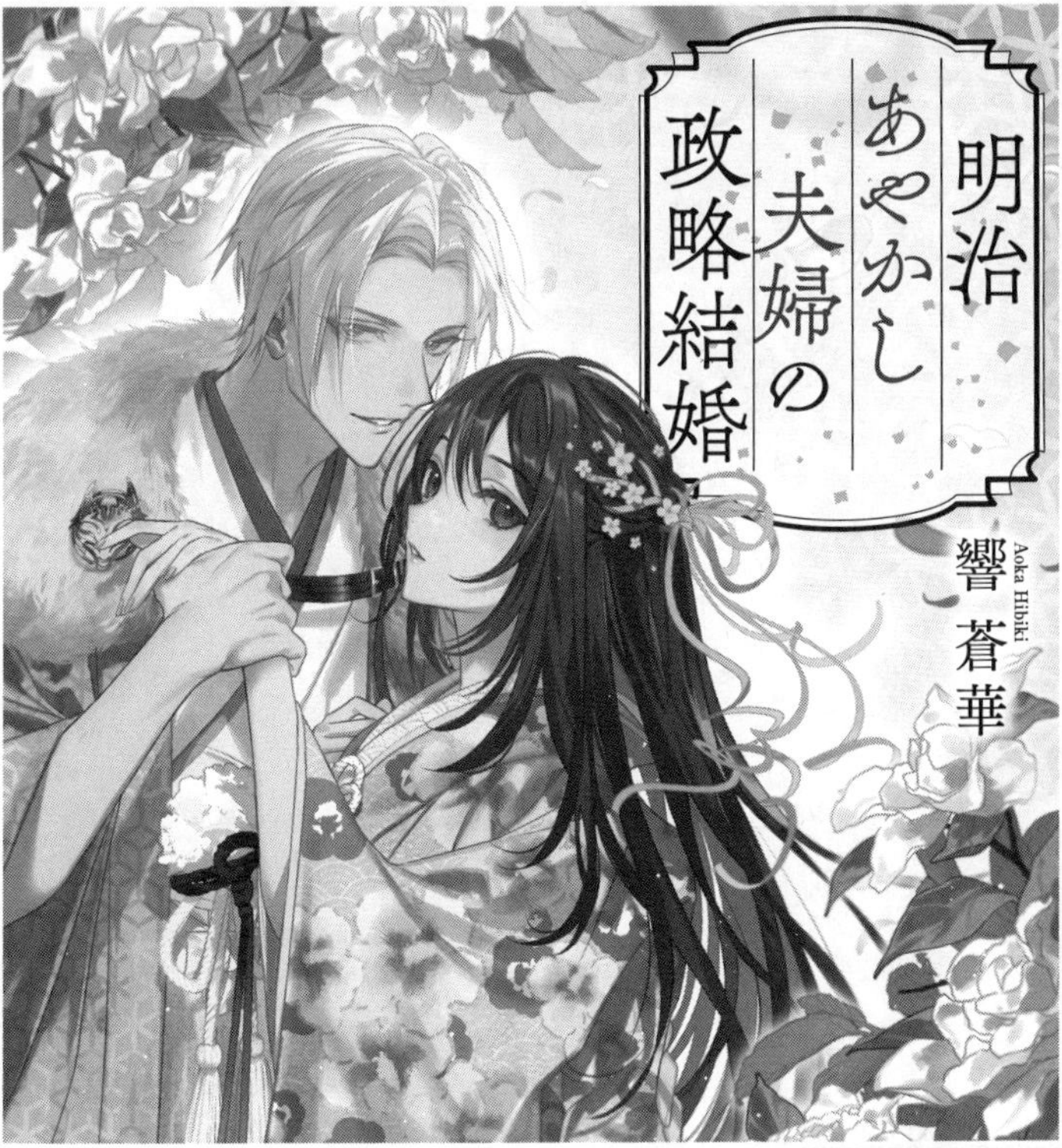

明治
あやかし
夫婦の
政略結婚
響 蒼華
Aoka Hibiki

世界一幸せな偽りの結婚

理想の令嬢と呼ばれる眞宮子爵令嬢、奏子には秘密があった。それは、巷で大流行中の恋愛小説の作者『槿花』だということ。世間にバレてしまえば騒動どころではない、と綴る情熱を必死に抑えて、皆が望む令嬢を演じていた。ある日、夜会にて憧れる謎の美男美女の正体が、千年を生きる天狐の姉弟だと知った彼女は、とある理由から弟の朔と契約結婚をすることに。仮初の夫婦として過ごすうちに、奏子はどこか懐かしい朔の優しさに想いが膨らんでいき——!? あやかしとの契約婚からはじまる、溺愛シンデレラストーリー。

明治
あやかし
夫婦の
政略結婚
響 蒼華
全力で愛し抜くから、覚悟しろ——
世界一幸せな
偽りの結婚

イラスト:もんだば

定価:本体770円(10%税込み) ISBN978-4-434-33895-3

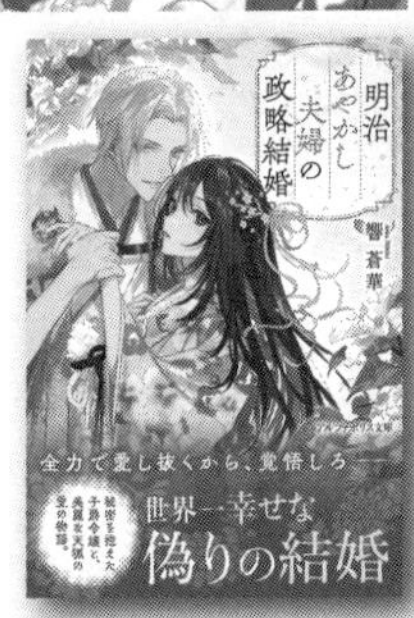

半妖のいもうと
1
2
蒼真まこ
アルファポリス 第5回 キャラ文芸大賞・
家族賞受賞作!
突然できた妹は、
角&牙がある半妖!?
小学生の時に母を亡くし、父とふたりで暮らしてきた女子高生の杏菜。ところがある日、父親が小さな女の子を連れて帰ってきた。「実はその、この子は、おまえの妹なんだ」「くり子でしゅ。よろちく、おねがい、しましゅっ!」——突然現れた、半分血がつながった妹。しかも妹の頭には銀色の角が二本、口元には小さな牙があって……!? これはちょっと複雑な事情を抱えた家族の、絆と愛の物語。
半妖のいもうと
あやかしの妹が家族になります
2
半妖のいもうと
あやかしの妹にお姉ちゃんができました
蒼真まこ
仲良し姉妹に亀裂が入る!?

神さまお宿、あやかしたちとおもてなし 1～2

鈴の恋する女将修業

Naomi Satsuki
皐月なおみ

もふもふイケメン神さまに強制嫁入りします!?

あやかしと人間が共存する天河村。就職活動がうまくいかなかった大江鈴は不本意ながら実家に帰ってきた。地元で心が安らぐ場所は、祖母が営む温泉宿『いぬがみ湯』だけ。しかし、とある出来事をきっかけに鈴が女将の代理を務めることに。宿で途方に暮れていると、ふさふさの尻尾と耳を持つ見目麗しい男性が現れた。なんと彼は村の守り神である白狼『白妙さま』らしい。「ここは神たちが、泊まりにくるための宿なんだ」突然のことに驚く鈴だったが、白妙さまにさらなる衝撃の事実を告げられて――!?

◎定価：各726円（10%税込み）

◎illustration：志島とひろ

この作品に対する皆様のご意見・ご感想をお待ちしております。

おハガキ・お手紙は以下の宛先にお送りください。

【宛先】

〒150-6019 東京都渋谷区恵比寿 4-20-3 恵比寿ｶﾞｰﾃﾞﾝﾌﾟﾚｲｽﾀﾜｰ 19F
（株）アルファポリス　書籍感想係

メールフォームでのご意見・ご感想は右のＱＲコードから、
あるいは以下のワードで検索をかけてください。

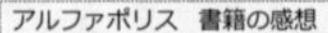

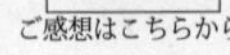

アルファポリス文庫

鎌倉お宿のあやかし花嫁２
～夏色の初恋と忘れじの記憶～

小春りん（こはる りん）

2024年 7月 25日初版発行

編　集－妹尾香雪・星川ちひろ
編集長－倉持真理
発行者－梶本雄介
発行所－株式会社アルファポリス
〒150-6019 東京都渋谷区恵比寿4-20-3 恵比寿ｶﾞｰﾃﾞﾝﾌﾟﾚｲｽﾀﾜｰ19F
TEL 03-6277-1601（営業）　03-6277-1602（編集）
URL https://www.alphapolis.co.jp/
発売元－株式会社星雲社（共同出版社・流通責任出版社）
〒112-0005 東京都文京区水道1-3-30
TEL 03-3868-3275
装丁イラスト－桜花舞
装丁デザイン－西村弘美
印刷－中央精版印刷株式会社

価格はカバーに表示されてあります。

落丁乱丁の場合はアルファポリスまでご連絡ください。

送料は小社負担でお取り替えします。


ISBN978-4-434-34175-5 C0193